ars vivendi®

Tessa Korber

Todesfalter

Ein historischer Krimi um Maria Sibylla Merian

ars vivendi

Für Christian

Originalausgabe

2. Auflage Januar 2012
1. Auflage November 2011

www.arsvivendi.com

Lektorat: Helga Blum
Umschlaggestaltung: Mascha Kirchner unter
Verwendung einer Fotografie von isses/istockphoto
Druck: Beltz, Bad Langensalza

Printed in Germany

ISBN 978-3-86913-098-9

Todesfalter

1

Am Milchmarkt, gegenüber dem Graff'schen Haus, gingen die in der Frühsonne blinkenden Fenster auf. Zwei Mägde steckten die Köpfe hinaus und betrachteten die nicht mehr ganz junge Frau, die drüben vor die Haustür getreten war und nun auf dem lehmigen Boden kauerte, die Röcke achtlos gerafft und offenbar ohne jeden Sinn dafür, dass ihre Säume sich im feuchten Lehm mit Schmutz vollsogen. Seltsame Schächtelchen hatte sie um sich herum verstreut, und an ihrem Gürtel hingen Gerätschaften, als ginge sie auf eine Expedition. Sie schien völlig in ihr Tun versunken zu sein.

»Was treibt sie denn da?«, fragte die eine Magd.

Die Hausherrin kam dazu, nicht weniger neugierig. Lieblos schaukelte sie ein Kleinkind auf ihrer Hüfte, während sie den Hals nach ihrer Nachbarin lang machte. »Sie hebt tatsächlich Würmer auf«, stellte sie fest. »Wie immer.«

»Igitt.« Die beiden Mädchen schüttelten sich. Die Jüngere lachte dumm, schlug sich aber rasch die Hand vor den Mund, als ihretwegen ein paar Tauben vom Dachrand aufflogen und mit laut schwirrenden Flügelschlägen in Richtung Burg aufflatterten, wo sie am blassen Frühlingshimmel hinter dem Turm verschwanden.

Die Wurmgräberin jedoch ließ sich nicht stören. Sie hob nicht einmal den Kopf mit dem dunklen Mittelscheitel, aus dem sich rundum krause Locken zu lösen begannen.

»Sie wühlt mit beiden Händen im Dreck.« Die ältere Magd schüttelte den Kopf. Dafür hatte sie kein

Verständnis. Ihr ganzes Leben galt dem Kampf gegen Schmutz und Ungeziefer, den Mäusen in der Mehlkiste, den Motten im Schrank, den Würmern, die ihren Salat fraßen, den Rüben zerstörenden Käfern oder den Läusen auf den Köpfen der Kinder, die sie jeden Abend mit ihren Fingern zerdrückte, wenn sie vor dem Küchenfeuer hockte, die Bälger zwischen den Knien. Wie es zischte, wenn man die Viecher in die Flammen schnippte. Sie war die Feindin der streunenden Katzen, der Bettwanzen, die in den Alkoven lauerten, und der Schmetterlinge, die nach allgemeiner Ansicht die Butter verdarben. »Und die hebt sie auch noch auf! Tut sie in Kisten oder hängt sie an die Wand.«

»Kein Wunder, dass die Ehe nicht funktioniert.« Die Hausfrau nickte vielsagend mit dem Kopf. Ihre Wangen röteten sich in vorauseilender Schadenfreude.

»Wirklich?« Die Mägde wurden eifriger. »Hat man ihn wieder dabei gesehen?«

Die Weiber rückten enger zusammen: »Am Garten neben der Schlosskapelle. – Ist ja gut«, fuhr sie ihre Tochter an, die auf ihrer Hüfte zu plärren begonnen hatte. »Ach, das Kind. Hier Kunigunde, nimm's und bring's der Amme. Sie soll was tun für ihr Geld.«

Die Jüngere zog mit dem Säugling ab, widerwillig, weil ihr die pikanten Details nun fürs Erste entgingen.

Erwartungsvoll schaute die Ältere ihre Herrin an, die den Kopf ein wenig vom Fenster zurückzog, so als könne die ahnungslose Nachbarin etwas mithören. »Man lehnte an der Mauer und poussierte heftig. Es heißt, sie hatte die Röcke hochgerafft.« Sie deutete es mit einem Handgriff in der Luft an und hob vielsagend die Brauen. »Bis hierhin.«

»Die Frau ist doch selber schuld.« Die Magd war mitleidlos. »Schleppt Viehzeugs ins Haus und hängt des Nachts über Büchern.« Ihre Betonung ließ zweifelsfrei erkennen, dass Letzteres als die schlimmere Sünde galt.

Die Hausfrau nickte. »Gottgefällig ist es gewiss nicht.«

Die Magd war mit ihr aus tiefster Seele einig. »Weiß man, wer's diesmal ist?«

Aber ihre Herrin hatte sich bereits aus dem Fenster gelehnt. »Gott zum Gruß, werte Frau Gräffin!«, rief sie mit einschmeichelnder Stimme.

Maria Sibylla, geborene Merian, nach ihrem Ehemann Andreas Graff nur die Gräffin genannt, bemerkte nun ihre Zuschauerinnen, richtete sich auf und wedelte zerstreut mit der Hand.

Betont freudig winkten die beiden zurück. »Was für ein schöner Tag, so früh im Jahr«, beeilte sich die Hausherrin zu bemerken.

»Zeit wurd's ja nach dem vielen Regen.« Maria nickte, in Gedanken immer noch bei ihrem Fund, den sie eben in einer Spanschachtel verstaute.

»Und der Winter war so kalt.« Damit hatte man das Thema ausreichend behandelt. »Wo geht's denn immer hin, Frau Nachbarin?«, erkundigte sich die Hausherrin leutselig.

»Zum Laufer Tor für heute, dort wartet schon meine Jungfern-Companie.«

»Ja freilich, das Fräulein Imhoff ist gewiss auch immer dabei?« Bei dieser Frage warf die Hausherrin ihrer Magd einen vielsagenden Blick zu. Fräulein Imhoff, die war aus einem guten Stall: altes Patriziat, ihr Vater saß im Rat, sie hatten ein Kontor in Venedig. Die Imhoffs zu kennen, das schadete keinem.

Maria Merian bestätigte es. »Natürlich, Clara gehört doch zu meinen besten Schülerinnen.«

»Grüßt das Fräulein doch von mir, sie erinnert sich gewiss an mich. Ich hab doch als Obfrau damals ihre Spende für das Findelhaus in Empfang genommen.«

»Das werd ich gerne«, versprach Maria und vergaß es im selben Moment wieder.

Ihre Nachbarin verschloss mit stolzgeschwellter Brust das Fenster und sperrte die blassgoldene Märzensonne aus. Ein wenig versöhnt stellte sie fest: »Ihr Treiben kann ja nicht völlig verkehrt sein, wenn die Familie Imhoff es duldet. Und das sage ich, weil ich die Leute persönlich kenne. Aber den Mann«, sie schüttelte den Kopf, »den Graff kann ich trotzdem verstehen. Ich sag dir eins: Gut enden wird das nicht.«

Die Magd nickte mit düsterem Gesicht und bekreuzigte sich.

2

Die Luft war klar und roch nach Wachstum und Gedeihen. Es prickelte in der Luft, als Maria Sibylla mit energischem Schritt durch die Gassen ging. Sie meinte, schon hier das drängende Leben all der Pflanzen und Tiere vor der Stadt zu spüren. Selbst das Moos auf den Dachtraufen hatte ausgetrieben. Die ersten Kirschbäume würden bald blühen. Maria liebte diese Jahreszeit. Für einen Moment blieb sie stehen und schloss die Augen, um die stärker werdende Kraft der Sonne auf Kopf und Schultern zu fühlen.

Sie bog oberhalb der Sebalduskirche rechts ab, eine kleine, schlanke, eilige Gestalt, die sich sehr aufrecht hielt. Ihr Haar trug sie in einem schmucklosen Knoten, und das Schönste an ihrem Gesicht waren die dunklen Augen, die ruhig und entschlossen die Dinge betrachteten. Sie lebte nunmehr seit vier Jahren in Nürnberg, der Stadt, aus der ihr Mann stammte. Die hiesigen Bürger hatten sie bisher vor allem im Laufschritt erlebt: Immer war sie am Arbeiten. Sie führte das Haus am Milchmarkt mit nur einer Magd, denn Geld war knapp im Hause Graff. Sie verkaufte Farben und Firnisse, die sie selbst herstellte, nahm Aufträge für Tischwäsche an, die sie bestickte oder bemalte, sie unterrichtete die höheren Töchter der Stadt in dieser Kunst, stach Blumenbilder, kolorierte und verkaufte sie.

Der Mann, ja der Mann! Sein Vater war ja seinerzeit Rektor am Egidianeum gewesen und ein gekrönter Dichter. Der Sohn dagegen war eher als Gast in den Nürnberger Schenken bekannt. Letzte Nacht war er schon wieder erst im Morgengrauen nach Hause gekommen.

Maria Sibylla wollte nicht darüber nachdenken. Im letzten Brief hatte ihre Mutter sie zum wiederholten Mal ermahnt, dass man sein Kreuz zu tragen habe, schweigend und mit Anstand, je schweigsamer, desto anständiger, so gereiche es der Frau zum Ruhme.

Maria war sich nicht sicher, ob sie auf diese Art von Ruhm erpicht war. Sie widersprach der Dulderthese, schon weil es ihre Mutter war, die sie aufstellte. Unternehmen allerdings tat sie nichts. Ich habe weiß Gott genug um die Ohren, sagte sie sich. Ich habe gar keine Zeit, wegen seiner Eskapaden auch nur verletzt zu sein. Der kleine Kloß im Hals, der sich bei diesem Gedanken einstellte, strafte sie jedoch Lügen.

Die Gasse zur Burg tat sich vor ihr auf, und Maria wandte sich abwärts. Ihr Herz schlug ein wenig schneller. Der gewählte Weg führte auch zum Laufer Tor, ebenso gut wie jeder andere, beschwichtigte sie sich selbst. Und meist war er ja auch gar nicht zu sehen. Sie wusste ohnehin nicht, was er von ihr wollte, dieser Südländer. Bestimmt war er zehn Jahre älter als sie, nicht groß, aber breitschultrig. Und Wimpern hatte er wie ein Mädchen, dachte sie, der kein Detail entging. Lange Wimpern über schwarzen Augen, in seinen selten gekämmten Locken hing der weiße Staub. Manchmal lehnte er am Fenster, einen Krug in der Hand, in Gedanken versunken während seiner Arbeitspause. Und wenn sie vorüberkam, folgte er ihr mit seinen Schwarzkirschaugen.

»*Bella signorina* ...«, hatte er ihr einmal in seiner seltsamen Sprache nachgerufen. Es klang, als hätte er rollende Kügelchen im Mund, rau, fremdartig und schnell. *Bella signorina!* Wo es doch weiß Gott genug dralle Mägde gab, mit denen er hätte schäkern können. Maria begriff nicht, was er von ihr wollte. Einmal war sie dann doch stehen geblieben. »Ich bin keine *signorina*, ich bin eine *signora*«, hatte sie so würdevoll wie möglich erklärt. »Und *bella* bin ich auch nicht.« Da hatte er gelacht, und sie war mit rotem Kopf weitergegangen.

Auch heute standen die Fenster im zweiten Stock des Fembohauses weit offen. Wie immer hingen feiner Staub und der unverkennbare Geruch nach Gips und feuchtem Stein in der Luft. Sie hörte Männerstimmen, Gelächter, dann ein Lied in der fremden Sprache, deren Klang ihre Ohren mittlerweile begierig auffingen, kaum dass sie einen Hauch davon erhaschte. Aber am Fenster zeigte sich niemand. So ging sie weiter, enttäuscht, ohne es sich einzugestehen.

Maria vermied den Egidienplatz mit den vornehmen Häusern. Zu oft sprach sie dort als Bittstellerin vor in der Hoffnung, man habe Verwendung für ihre Dienste und sie könne die ewigen Lücken in der Haushaltskasse schließen. Denn sie bot an, Tischwäsche zu verschönern, Bordüren zu erfinden. Es war ein mühsames Geschäft, und sie hatte das Katzbuckeln satt. Nicht heute, sagte sie sich. Der Tag hatte schlimm genug begonnen. Erst das kalte Bett an ihrer Seite, dann die beiden Klatschbasen, nun das leere Fenster ... Andererseits: Es konnte jetzt nur noch besser werden.

Vor dem Laufer Tor, durch das in dieser frühen Stunde schon die Bauernkarren zu den Märkten rumpelten, warteten ihre Fräulein auf sie. Die erste, die sie erkannte, weil ihr weißblondes Haar in der Sonne leuchtete und weil sie ihr heftig entgegenwinkte, war Magdalena Fürst. Magdalena stammte aus dem bekannten gleichnamigen Verlagshaus. Ihr Vater hatte sich vor acht

Jahren umgebracht, seitdem betrachteten alle sie mit ein wenig vornehmem Mitleid und dachten, sie müsste ein trauriges, verhuschtes Wesen sein, was aber gar nicht der Fall war. Zwar blickten ihre sehr grünen Augen manchmal ein wenig verhangen und träge, aber ihr Mund blühte, weiblich und voll. Magdalena lachte dem Leben ins Gesicht, zum Ärger von mehr als einer säuerlichen Bürgersfrau. »Maria – hier sind wir!«

Maria Sibylla winkte ebenfalls.

Clara Imhoff kam auf sie zu und nahm die Lehrerin in den Arm. »Danke für den Firnis«, sagte sie. »Der Bote hat alles sicher überbracht. Du musst mir in der nächsten Stunde zeigen, wie ich ihn auftrage. Allein gelingt mir das einfach nicht.«

»Sicher, gerne«, erwiderte Maria, die innerlich aufatmete, weil sie sicher sein konnte, dass Imhoffs auch die Rechnung pünktlich zahlen würden.

Jemand drückte einen Kuss auf ihre Wange. Fast erschrocken wandte Maria sich um, vor ihrem inneren Auge erschien für einen kurzen Moment ein Männergesicht, umrahmt von dunklem Haar. Errötend stellte sie jedoch fest, dass es Dorothea Auer war, mehr Freundin als Schülerin. Die Auerin lachte, dass ihre langen, schwarzen Locken tanzten. »Was ist dir denn über die Leber gelaufen?«, fragte sie.

»Bestimmt eine Raupe«, rief Susanna Sandrart. Auch sie stammte aus einer Malerfamilie, ein hübsches Ding mit braunen Flechten und täuschend sanften Augen. Ihr Vater hielt wöchentlich in seinen Wohnräumen Sitzungen der Künstlerakademie ab, deren Besuchern Susanna mit schöner Regelmäßigkeit den Kopf verdrehte.

Ihre beste Freundin Barbara, die Tochter des Stadtrats Nützel, runzelte die Stirn. »Du bist frech«, stellte sie fest, wie immer beleidigt, dass andere sich solche Bemerkungen erlauben durften, während sie als Ratstochter stets besonders brav zu sein hatte.

Maria hakte sich zum Trost bei ihr unter. »Wenn wir eine Raupe übers Blatt laufen sehen, können wir schon froh sein. Ich fürchte, für die meisten ist es noch zu früh. Aber ich habe bereits einen Kohlweißling fliegen sehen.«

Die Mädchen sangen auf ihrem Weg hinaus ins Grüne, der bald auf beiden Seiten von blühendem Schlehengestrüpp dicht umgeben war. Waldstücke wechselten sich mit Wiesen voller Obstbäume ab, deren Knospen noch fest geschlossen waren. Gut bei dem Regen, dachte Maria, zu deren Füßen die herabgeschlagenen Schlehenblüten wie Schnee lagen und in der Frühsonne mit den Regentropfen um die Wette leuchteten. Sie forderte ihre Mädchen auf, nach der hellgrünen Raupe des Kleinen Zipfelfalters Ausschau zu halten, der so gerne auf Schlehen saß. Aber der kalte Regen schien sie alle verschreckt zu haben. Maria fröstelte ja selber. Endlich zeigte sich der erste Schmetterling im gaukelnden Flug.

»Da ist wieder einer!« – »Da!« – »Pass doch auf!« Hektische Bewegung kam in das Frauengrüppchen.

»Das ist kein Kohlweißling, das ist ein Aurorafalter.« Maria hatte Mühe, im Lärm des Geplappers durchzudringen. Als Barbara ihn fing und ihr brachte, untersuchte sie ihn genauer. »Das ist ein Weibchen, seht ihr die schwarze vordere Flügelspitze? Ein Männchen dagegen hätte Orange auf der vorderen Flügelhälfte. Vorsicht, Barbe.« Erschrocken zuckte das Mädchen zusammen, ließ ihr Netz fallen, und der Falter entkam.

»Ach, du Tollpatsch«, maulte Susanna und erhielt einen Stoß. Magdalena fand es zum Lachen, wie fast alles. Clara, die immer Vernünftige, schüttelte den Kopf und wollte schon dazwischengehen.

»Wartet!«, rief Maria, der das Durcheinander zu viel wurde. Langsam ging sie auf die Hecke zu, die der gelbweiße Sommervogel mit seinen schön marmorierten Flügeln angesteuert hatte. Da, dort unten hockte er ja und klappte die zarten Schwingen auf und zu, rasch und lautlos wie ein Wimpernschlag. Schon hatte sie ihr Netz gehoben, um ihn sacht wieder einzufangen, da erkannte sie, worauf er hockte. Es war ein weißer, nackter Zeh. Ein Frauenzeh.

Im selben Moment ging es Maria auf, dass der Tag sehr wohl noch viel schlimmer werden konnte.

3

Als Erstes scheuchte Maria ihre Mädchen zurück. Sie war ehrlich genug, sich einzugestehen, dass nicht nur die Angst um die Seelenruhe ihrer Jungfern sie dazu bewog, sondern auch die Sorge, deren Familien könnten ihr erzürnt die Schülerinnen entziehen, sollten sie je erfahren, dass es bei Maria Merian Leichen zu sehen gab. Das gehörte einfach nicht zum Bildungskanon einer Patriziertochter.

Alles jedoch konnte sie nicht verhindern. Sie hörte es an dem Schnattern und Kreischen hinter sich. Maria unterband das Schlimmste, indem sie Susanna und Magdalena nach der Wache am Tor schickte. Nützels Tochter erbot sich mitzugehen und gleich den Vater zu informieren: Über so einen Vorfall musste der Rat Bescheid wissen. Maria stimmte zu, wenn auch mit ungutem Gefühl. Es war ihr nicht wohl dabei, ihren Namen in diesem Zusammenhang genannt zu hören. Sie hatte auch so schon einen schweren Stand in der Stadt, in der sie bloß eine Zugereiste war. Aber was sollte sie tun?

Ganz sicher sollte ich mich aus der Sache heraushalten, dachte sie und hatte sich doch schon über den toten Körper geneigt, um ihn genauer in Augenschein zu nehmen. Mit dem ruhigen Auge der Wissenschaftlerin, die Leben und Tod mit derselben offenen Neugierde begegnete, betrachtete sie, was sie vor sich hatte.

Es war eine noch junge Frau, die Haare nass und verfilzt und völlig verfangen im dornigen Geäst der Schlehe, wie auch die Kleider eben erst im Morgenwind zu trocknen begannen. All das sagte Maria, dass die Frau die Nacht während des Regens schon da gelegen haben musste, aber kaum länger, da noch wenig Getier bei ihr war. Trotz der Kühle hätten Fliegen sie umsummen müssen.

Der Kleidung nach war es eine Dienstmagd. Allerdings trug sie einen Unterrock, der nicht zum groben Tuch von Rock und Schürze passte, mit Stickerei geschmückt, wenn sie auch billig war. Die Verzierung war an mehreren Stellen eingerissen, wohl, als ihr Mörder sie tiefer ins Gestrüpp geschoben hatte. Unwillkürlich zupfte Maria ein flatterndes Stück Stoff von einem Dorn und knüllte es in ihrer Hand. Die Art, wie die Röcke gerafft waren, ebenso die blauen Flecken an den Schenkeln sagten ihr genug.

»Ist sie …?«

Maria fuhr herum. Es war Clara, die neben ihr in die Knie gegangen war. Maria nickte nur.

»Armes Ding«, konstatierte die Patriziertochter.

»Du solltest das wirklich nicht sehen«, meinte Maria schwach.

»Und *du*?«, gab Clara zurück. »Der Tod gehört zum Leben dazu.«

Maria lächelte. »Manchmal bist du schrecklich erwachsen.«

»Ich bin deine Schülerin. – Was ist?«, fragte sie, als sie den Wechsel in Marias Gesichtsausdruck sah.

»Ich habe gerade überlegt, was deine Eltern wohl zu dieser Art Lektion sagen werden.«

»Nun, ich werde ihnen erzählen, dass du ganz züchtig und verantwortungsvoll gehandelt hast, damit unsere unschuldigen Seelen keinen Schaden nehmen.«

»Genau«, sagte Dorothea, die sich jetzt auch ins Gebüsch drängte. Prompt hatte sie mit ihren Haaren zu kämpfen, die sich in den Schlehendornen verfingen. Beim Anblick, der sich ihr bot, bekreuzigte sie sich. »Gott sei ihrer Seele gnädig.« Dann rief sie aus: »Schau, da sind schon die ersten Schnecken.«

Unwillkürlich folgten die beiden anderen ihrem Blick. Für einen kurzen Moment sahen sie auch den Falter wieder, der um den Kopf der Toten herumtorkelte. »Sind das Würgemale an ihrem Hals?«

Weder Maria noch Clara antworteten, um das Offensichtliche zu bestätigen. Dorothea murmelte ein hastiges Gebet. »Es war klug, Magdalena von ihr fernzuhalten«, fiel es ihr dann ein. »Sie spricht nie darüber – aber sie hat damals ihren Vater gefunden, wisst ihr das eigentlich?«

»Ist das dein Ernst?«, fragten Maria und Clara wie aus einem Mund.

Im selben Moment hörten sie draußen Magdalenas unverkennbare Stimme: »Nett von euch, aber nutzlos, ich kenne sie nämlich.«

So schnell sie konnte, krabbelte Maria rückwärts aus dem Gestrüpp. Auch ihr Rock nahm jetzt Schaden, sämtliche Gerätschaften am Gürtel klapperten, und an ihrer Frisur war mit Sicherheit nichts mehr zu retten. »Was hast du da gesagt?«, fragte sie. »Und was machst du schon wieder hier?«

Magdalena ignorierte die zweite Frage. »Na, dass ich die Frau kenne«, wiederholte sie und zog ihren berühmten Schmollmund.

»Du willst doch nur angeben.« – »Ist doch gar nicht möglich.«

Maria stellte die Ruhe wieder her. »Clara«, bat sie ihre Schülerin, »kannst du mit Dorothea mal ein paar Schritte auf und ab gehen?«

Magdalena schob schmollend die Unterlippe vor. Sie war zwar schon über zwanzig und alles andere als ein Kind, aber sie benahm sich auffallend gerne wie eines. Vielleicht, dachte Maria im selben Moment, war *das* ihre Art, mit dem, was ihr zugestoßen war, fertig zu werden.

»Willst du mir jetzt auch noch Vorhaltungen machen?«, fragte Magdalena und hob herausfordernd das Kinn.

Maria schüttelte den Kopf. Sie versuchte, ihre Locken in den Knoten zurückzustecken. »Nein, aber ich wäre dir dankbar, wenn du den Mädchen gegenüber nachher andeuten könntest, dass du da vielleicht ein wenig voreilig warst. Denk an den Ruf deiner Familie. Es ist nicht gut, in so etwas hineingezogen zu werden. Deshalb hatte ich dich ja zurück zum Tor geschickt«, fügte sie mit leisem Tadel hinzu.

Magdalena überging das und warf ihr einen Blick zu, der besagen mochte: Wie viel schlimmer kann das in unserem Fall noch kommen? Dann schien sie darüber nachzudenken. Nach einer Weile allerdings schüttelte sie den Kopf. »Meine Familie kommt da so oder so nicht heraus. Die Frau war Magd bei uns. Deshalb bin ich mir ja so sicher.«

»Magd?«

»Jungmagd. Blieb nicht lange. Die Mutter hat sie hinausgeworfen, weil sie gar zu sehr mit den Gesellen in der Werkstatt poussierte. Geschah ihr ganz recht.« Magdalenas Schmollen kehrte zurück.

Maria überlegte fieberhaft. Wenn sie den Mund hielten, geschah vielleicht überhaupt nichts weiter. Die Tote lag nicht einmal auf Stadtgebiet.

Langsam kehrten die anderen zurück. »Du mit deinem vorlauten Gerede«, zischte Clara. Magdalena streckte ihr die Zunge heraus. »Wenigstens hab ich mich nicht zum Gaffen dazugedrängt.«

»Mädchen!«, ermahnte Maria Sibylla sie. In ihrem Kopf summte es noch immer. Gerne hätte sie einen Weg gefunden, um aus der Sache herauszukommen. Noch einmal betrachtete sie die Tote. Ihre Augen waren weit geöffnet, noch konnte man erkennen, dass sie einst groß und blau gewesen sein mussten. Andreas' Typ, ging es ihr flüchtig durch den Kopf. So sahen die jungen Frauen immer aus, mit denen er herumzog: weizenblond, üppig, mit strahlenden Puppenaugen. Es war nicht so, dass sie blind gewesen wäre. Wie oft hatte sie im Spiegel in ihre eigenen dunklen Augen, ihr unscheinbares Gesicht gestarrt und sich gefragt, warum er *sie* wohl genommen hatte, nicht eine wie diese. Maria Sibylla seufzte. Im selben Moment entdeckte sie genau das, weswegen sie eigentlich hergekommen war: hellgrün, mit cremefarbenen Streifen, glatt und beinahe durchscheinend. »Gebt mir die Schachtel«, flüsterte sie.

Clara wurde als Erste aufmerksam. »Die große?«

Statt einer Antwort streckte Maria die rechte Hand hinter sich und krümmte auffordernd die Finger. Mit der Linken langte sie nach vorne und zupfte ganz langsam und vorsichtig eine Raupe aus den Haaren der Toten.

»Was macht Ihr da?«

Clara ließ vor Schreck die Schachtel fallen.

Maria Sibylla hatte gerade noch die Geistesgegenwart, zuzupacken und die Hand vorsichtig um ihren Fund zu schließen.

4

»Die Gräffin!«

»Oh, Rat Nützel.« Maria Sibylla grüßte artig. »Dass Ihr Euch gleich selbst herbemüht.«

»Ich bin die vierzehn Tage Lochschöffe, gemeinsam mit dem Holzschuher. Und wenn es so ist, wie meine Barbara sagt, dann ist mein Amt hier gefragt.«

Maria Sibylla senkte den Kopf, nicht ohne zu bemerken, dass er sich sogar einen Schützen mitgebracht hatte. Der Rat selber war klein und mausäugig wie seine Tochter. Alles, was an ihr zierlich war, erschien an ihm trocken und zäh. Über sein Selbstbewusstsein sagte das allerdings gar nichts aus. Maria sah, wie er den Unterkiefer anspannte und mit den Zähnen knirschte.

»Ich fürchte wohl, es ist so«, bekannte sie und machte eine Geste hin zu der Toten.

Der Mann verschränkte die Hände auf dem Rücken und neigte sich vor. »Eine Landstörzerin«, stellte er abfällig fest. Maria Sibylla wunderte sich, wie er so rasch zu der Feststellung kommen konnte, nur weil das Weib vor der Stadt lag. Sie dachte an den teuren Unterrock, viel zu gut für eine Magd, der dem Mädel zu Lebzeiten sicher Ärger mit der Gerichtsbarkeit eingebracht hätte. Dann betrachtete sie verstohlen die sauberen Füße und die adrette Schürze. Wie konnte man so jemanden für eine Rumtreiberin halten? Sie wollte schon den Mund öffnen, da überlegte sie es sich noch einmal.

Aber Magdalena kam ihr zuvor. »Das ist die Beata, die war bis Heiligen Joseph Magd bei uns.«

19. März, notierte Maria Sibylla sich im Stillen.

Rat Nützel schaute verärgert auf. Sein Unterkiefer mahlte. Endlich fragte er: »Wo sie dann hin ist, wisst Ihr nicht, Jungfer Fürst?«

Magdalena zuckte mit den Schultern. »Sie wohnt irgendwo in Johannis, glaub ich.«

Maria sandte ein Stoßgebet zum Himmel. Wenigstens hatte sie nichts vom Poussieren mit den Knechten erzählt.

Nützel wandte sich an den Schützen. »Die Leiche kommt auf den Friedhof in Johannis. Der Totengräber soll einen Platz dafür finden, bis der Doktor sie anschauen wird. Hier kann sie nicht liegen bleiben. Ich werde versuchen, die Familie ausfindig zu machen.« Er richtete sich auf und strich sein Wams glatt. Langsam schien zu ihm durchzudringen, dass das turnusmäßig übernommene Amt ihm unerwartete Aufgaben, aber auch eine nicht unwillkommene Bedeutung bescherte. Die Lochschöffen wurden vom Rat bestellt für die Halsgerichtsbarkeit. Bei Mord und Totschlag oblag ihnen die Untersuchung des Falls, und Nützel ahnte schon, dass es hier viel zu untersuchen geben würde. Er würde zusammen mit seinem Kollegen an viele Türen klopfen, viele Fragen stellen müssen, bis der Fall aufgeklärt war. Der Gedanke schien ihm zu behagen.

Maria jedenfalls nahm an, er sei im Augenblick damit abgelenkt genug, um sich zu bücken und die Schachtel aufzuheben. Rasch und verstohlen verstaute sie ihren Fund, aber nicht rasch genug.

»Was ist das?« Barsch verlangte Nützel zu sehen, was sie da eingesteckt hatte.

»Die Raupe des Kleinen Frostspanners«, klärte Maria ihn auf, als er angeekelt das Tier betrachtete. Die grelle Farbe, sagte seine Miene, konnte nichts Gutes bedeuten.

Er streckte einen dürren Zeigefinger aus, um sie zu berühren, zog ihn aber im letzten Moment zurück. »Teufelsgetier«, murmelte er. »Sagt, Gräffin, wo Ihr Euch doch mit so etwas auskennt: Ist es nicht ein schlechtes Omen, wenn in einem Jahr so früh schon die Raupen auftreten? Und so viele sollen es sein. Meine Frau sagt, sie wird der Viecher im Apfelgarten nicht mehr Herr.«

Der Schütze hinter ihm bekreuzigte sich unwillkürlich. »Man meint fast, da müsste bald auch Schlimmeres geschehen.«

Maria zuckte mit den Schultern und lächelte freundlich, doch sie wählte ihre Worte mit Bedacht. »Der Fraß an den Obstbäumen ist schlimm genug. Da braucht man nicht nach mehr zu verlangen oder zu suchen. Die Raupen tragen ihren Schaden in sich und weisen sonst auf nichts Böses hin, scheint mir, aber ich bin nur ein Weib.«

Nützel schaute sie ungnädig an. »Hm«, machte er. Dann wandte er sich ab. »Michael«, wies er den Schützen über die Schulter an, »mach Er's, wie ich gesagt habe. Und Ihr, Gräffin, bringt besser Eure Schülerinnen von hier fort.« Nützel legte seiner Tochter die Hand auf den Nacken. »Mein Mädel bleibt für heute daheim. Vielleicht solltet Ihr die anderen auch fortsenden.«

Als er abgezogen war, schickte Dorothea ihm eine Grimasse hinterher. »Als ob wir kleine Kinder wären.«

Clara betrachtete die Raupe. »Ein Frostspanner«, meinte sie. »Und er sitzt auf Apfelbäumen? Vielleicht könnte ich einen zu dem Zweig mit Apfelblüten dazusticken, an dem ich gerade arbeite.«

»Es sind Nachtfalter, und sie fliegen erst im November«, antwortete Maria Sibylla mechanisch. »Aber du könntest eine der Raupen abbilden.«

»Das wäre hübsch«, mischte Dorothea sich ein. »Das frische Grün harmoniert gut mit dem Rosarot außen an den Blüten.« Die beiden fachsimpelten eine Weile über die Farbwahl. Magdalena hingegen blieb stumm.

Maria legte den Arm um sie. »Möglicherweise hat er recht, und wir sollten tatsächlich alle nach Hause gehen.«

»Wenn du mich loswerden willst – bitte«, stieß Magdalena hervor, befreite sich, ehe Maria etwas sagen konnte, und stürmte davon.

Verblüfft schaute die Malerin ihr nach.

»Launisch wie immer«, stellte Dorothea fest, verabschiedete sich ihrerseits mit einem Kuss auf die Wange, hakte Clara unter und zog die Freundin mit sich fort. »Es gibt viel zu viel zu erzählen«, meinte sie mit unerschüttertem Gemüt, »um jetzt an einem Stickrahmen still zu sitzen.«

»Ich schick am Abend eine Magd vorbei«, versprach Clara noch über die Schulter hinweg, ohne näher zu erläutern, warum und wozu.

Dennoch war Maria dankbar. Sie nickte und verabschiedete die beiden winkend. Dann stand sie alleine da, wenn man von dem Schützen absah, der bei der Toten Wache hielt, bis der Rat ihm Verstärkung schickte. Er hatte die Ermordete bei den Füßen ergriffen und war drauf und dran, sie auf den Weg zu ziehen, als er Maria bemerkte und ein wenig verschämt innehielt. Sie erlöste ihn aus der Verlegenheit mit einem Gruß, sammelte ihre restlichen Schachteln ein und marschierte heimwärts.

5

Daheim fand Maria Sibylla die Magd auf der Bank vor dem Hause. Sie atmete schwer, zu ihren Füßen stand der Holzeimer mit Wasser, das sie vom Brunnen geholt hatte. »Ist's dir zu schwer?«, fragte die Malerin besorgt. Anna war nicht mehr die Jüngste; sie hatte schon im Haus von Marias Mutter gedient und war den langen Weg aus Frankfurt mit hierher gekommen. Viele ihrer Aufgaben fielen ihr nicht mehr leicht. Ein junges Mädchen anzustellen, das ihr helfen könnte, hatte Maria allerdings nicht das Geld. »Ich sag's einem der Lehrbuben«, versprach sie, änderte aber im selben Moment ihre Meinung und hob den Eimer selbst hoch, um ihn ins Haus zu tragen.

Schon im Flur war das Geschrei aus der Werkstatt gut zu hören. Offenbar war ihr Mann endlich aufgestanden und hatte nicht alles so vorgefunden, wie er es sich wünschte. Maria Sibylla wusste, es war nicht ratsam, sich jetzt dort blicken zu lassen. Sie trug ihre Last in die Küche und wollte dann hinaufsteigen in ihre eigene Kammer, die nur so überquoll vor Büchern, Malutensilien und Präparaten. Und doch fand sich immer noch Platz für all die Schachteln, Schächtelchen und Schüsseln, in denen Maria Raupeneier, Raupen oder eingesponnene Puppen am Leben hielt, um sie zur Verwandlung zu bringen. Ein schreckliches Durcheinander herrschte dort, in dem nur sie selbst den Überblick behielt. Für sie war es ein Ort des Wunders, einer Verwandlung, die in ihrer Einzigartigkeit und Göttlichkeit dem Wunder der Eucharistie in nichts nachstand. Jedes Mal, wenn aus einer Lebensform eine andere, verwandelte Form entschlüpfte, fühlte sie sich verbunden mit der Allmacht des Gottes, der sich das ausgedacht hatte. Dann malte sie mit doppelter Hingabe und Fleiß, um auch nur ein wenig einzufangen von den wunderbaren Zusammenhängen, in denen der Herr ihre Welt gestaltet hatte.

Gerade heute sehnte sie sich nach diesem besonderen Gottesdienst, der ihr Ruhe gab und Gelassenheit. Ein wenig fühlte sie sich dort drinnen selbst wie eingesponnen, geborgen vor der Welt und in ruhiger Erwartung des Neuen, das von ihrer Hand dort geschaffen würde. Aber sie war noch nicht halb die Treppe hinauf, da krachte die Tür der Werkstatt gegen die Wand. Andreas Graff wankte heraus, ungekämmt, das Hemd und die Weste darüber noch offen, so, wie er irgendwann vor dem Morgengrauen ins Bett gesunken war. Man konnte den Wein noch riechen, mit dem er den Stoff getränkt hatte. Seine Augen blickten trübe, und der Mund war verzogen wie der eines trotzigen Kindes. »Pfuscherei«, brüllte er niemand Bestimmten an. Hinter ihm in der Werkstatt herrschte Stille. Er stieß die Tür zu. »Elende Pfuscher allesamt«, brummte er. Dann wankte er in Richtung Küche.

Maria Sibylla war einen Moment in Versuchung, so zu tun, als habe sie ihn nicht bemerkt, und leise nach oben zu entkommen, dann seufzte sie, legte die Schachteln vorsichtig am Fuß des Treppengeländers ab und folgte ihm.

»Lässt du dich auch mal blicken«, bemerkte ihr Mann, nachdem er den Kopf aus dem Eimer gezogen hatte. Das Wasser troff ihm aus den Locken, die noch immer voll waren, goldbraun und weich, wie Maria sie bewundert hatte, als er Schüler in der Werkstatt ihres

Vaters gewesen war. So ein hübscher Junge, dieser Andreas, einer, dem alles zuflog! Maria hatte ihn um diese Leichtigkeit beneidet, die ihr so fremd war. Es war nicht viel davon übrig geblieben. Sie öffnete den Mund, um etwas zu sagen.

Da sprang ihre Tochter herein, Johanna Helena, genannt Lenchen, gerade sechs Jahre alt. Sie lief auf den Vater zu, umarmte ihn fest und schüttelte sich lachend, als er sie kitzelte und drohte, sein nasses Haar über ihr auszuschütteln. Die beiden vergnügten sich ungeniert miteinander; erst nach einer Weile beachtete Andreas Graff seine schweigende Frau. Mit einem vielsagenden Blick zu Maria hob er die Kleine hoch, gab ihr einen feuchten Kuss auf die Wange und fragte: »Na, wen hast du am liebsten auf der ganzen Welt?«

Das prompte »Dich, Papa« nahm er mit einem zufriedenen Nicken und einem halben Lächeln in die Richtung seiner Frau zur Kenntnis. »So ist es recht«, sagte er, als er sie absetzte. Er gab ihr einen Klaps auf den Po. »Töchter müssen ihre Väter lieben. Und Väter verehren ihre Töchter. Ist es nicht so, Maria?« Er hob ein wenig die Stimme. »Du musst wissen, mein Augapfel«, fuhr er dann leiser an Johanna Helena gewandt fort und neigte sich zu ihr hinunter, »als dein berühmter Opa, der große Herr Verleger, auf seinem Sterbebett lag, da hat er gesagt: ›Bin ich schon nicht mehr da, wird man noch immer sagen, Maria Sibylla ist Merians Tochter.‹«

»Andreas!« Maria wandte den Kopf ab. »Lass das doch.«

»Nein, nein, nein«, widersprach er, und sie konnte seiner Stimme anhören, dass ihn noch immer der Alkohol beherrschte. »So eine ist deine Mama, das darfst du nicht vergessen, die wird mal berühmt.« Er betonte das Wörtchen *die* in einer Weise, die Johanna nicht bemerkte, Maria Sibylla aber keinesfalls entging. Sie wandte sich wieder um und schaute ihn voll an.

Er grinste sie an. »Aber der Papa, der liebt dich.«

»Ist das wahr, Mama?« Das Mädchen hängte sich an ihre Röcke. Maria neigte sich hinunter und gab der Kleinen einen Kuss. Sie roch nach Kind und Unschuld und ein wenig auch nach Wein. »Geh hinaus zu Anne und frag, ob du ihr helfen kannst.« Als sie sich wieder aufrichtete, hatte ihr Mann sich weggedreht.

Musste das sein?, wollte sie ihn fragen, ließ es aber bleiben. Auch, dass sie mit den Jungfern unterwegs gewesen war, wollte ihr nicht über die Lippen. Er schmähte sie gern ihrer Kontakte wegen, da manche der Familien, die sie gerne beschäftigten, ihn nicht zu grüßen pflegten. Stattdessen fragte sie: »Wie ist es gelaufen vor dem Rat? Hat ihm die Stadtansicht gefallen?« Es lag wenig Hoffnung in ihrer Stimme. So, wie ihr Gemahl beieinander war, rechnete sie mit einer Schimpfkanonade auf die Pfeffersäcke ohne Kunstverstand, die Krämergeister und Rechenmeister, die diese Stadt regierten und seine Künstlerseele knechteten. Zu ihrer Überraschung jedoch sagte er: »Gefallen hat's ihnen. Und wie.«

»Was?«, fragte sie überrascht und hätte sich selbst dafür ohrfeigen können, als sie sein düsteres Gesicht sah. »Du hast den Auftrag? Aber das ist ja großartig, das ist ...«

Verärgert winkte er ab.

Sie sammelte sich und sagte mit aller Aufrichtigkeit, zu der sie fähig war: »Das ist sehr gut, Andreas.«

Er schaute sie an. Für einen Moment erkannte sie den Mann wieder, in den sie sich verliebt hatte. Sie lächelte.

Er grinste schief. Seine Augen begannen zu funkeln. »Ich hab's auch schon gefeiert.«

»Ach, Andreas«, entfuhr es ihr. »Nein.«

»In der Schenke, die an Sankt Lorenz angebaut ist, du weißt schon.«

Maria schloss die Augen. »Wie viel?«, fragte sie schließlich.

Er zuckte mit den Achseln. »Hab ein bisschen den Überblick verloren. Ein Knecht kommt vorbei. Gibst ihm halt, was er verlangt.« Er streckte die Hände aus und versuchte, sie an sich zu ziehen.

»Andreas, bitte lass das.« Sie schob seine Hände weg.

»Da«, beklagte er sich. »Eben, als du gedacht hast, ich hätt Geld und Erfolg, da warst du ganz schmiegsam. So eine bist du.«

»Andreas, bitte.«

»*Andreas, bitte*«, äffte er sie nach. »Das hätte dein Vater mal erwähnen sollen auf seinem Sterbebett, was für eine raffgierige Zierpuppe du bist. Und überhaupt ...«

Sie ging ans Fenster, um die restliche Beschimpfung nicht zur Kenntnis nehmen zu müssen. Als er endlich ruhiger wurde, fragte sie nur: »Sitzen die Stecher schon an der Karte?«

Es dauerte eine Weile, bis er begriff, dass sie von der Stadtansicht sprach. Er wurde kleinlaut.

»Soll ich ...?«, bot sie schließlich an.

Er stand auf und ging zu ihr hinüber, machte Anstalten, sich vor sie hinzuknien.

»Nicht doch«, murmelte sie und schob ihn weg.

»Ich bin kein guter Mensch«, klagte er sich an, während seine Hände versuchten, unter ihre Röcke zu wandern. »Ich bin dir kein guter Gatte, ich weiß es ja.«

»Andreas«, flüsterte sie, »Andreas, bitte ... ich ...« Sie wusste kaum mehr, wie sie ihn im Guten bändigen sollte. »Lass doch, ich ... nein, ich ... Nein!« Endlich schrie sie es in ihrer Not heraus.

Er erschrak so sehr, dass er innehielt. Nie erhob Maria die Stimme im Haus. Über sein Gesicht zogen verschiedene Gefühle, schließlich siegte der Grimm. »Na gut.« Er stand auf und klopfte sich die Hosen ab, was wenig brachte, sie waren in einem ebenso schlimmen Zustand wie der Rest seiner Kleidung.

Vor Scham und Erleichterung streckte Maria Sibylla die Hände aus. »Gib mir deine Jacke«, sagte sie, »ich mach sie sauber.«

Er warf sie ihr in die Arme und marschierte Richtung Werkstatt. »Und vergiss die Stecher nicht«, rief er im Kommandoton aus dem Flur.

Maria schüttelte das Kleidungsstück aus. Soße, Wein, Schmutz färbten den Stoff dunkel. Unter dem Ärmel klaffte ein Loch, die Verschnürung vorne war mehrfach gerissen. Und an einer Stelle hing ein dreckiger Fetzen. Sie zog ihn mit spitzen Fingern ab. Es war Weißzeug, lange schon nicht mehr weiß, und sah aus, als gehöre es zu gutem Unterzeug, etwa zum Unterrock einer Frau. Maria strich das Stück Stoff glatt und starrte es lange an, ehe sie begriff, wo sie einen so bestickten Saum vor Kurzem erst gesehen hatte.

6

Maria Sibylla rannte, bis ihr der Atem ausging. Sie hielt am Tiergärtnertor kaum inne, lief weiter am Siechhaus mit der Kapelle vorbei und achtete nicht auf die Kreuzigungsgruppe. Sie blieb nicht einmal stehen, um den Bauern zuzusehen, wie sie mit Stöcken auf Obstbäume hieben, um die unter der Rinde hockenden Raupen abzuschlagen. An anderen Tagen wäre sie hingegangen und hätte ihr Halstuch ausgespannt, um eines der Tiere sorgsam aufzufangen. Jetzt lief sie wie um ihr Leben, solange in ihrem Kopf das Bild des Stofffetzens nachglomm, wie er sich in der Glut ihres Küchenfeuers schwärzte und krümmte.

Hätte jemand Maria gefragt, sie hätte nicht einmal genau zu sagen vermocht, was sie antrieb. Da war nichts als der vage Drang, irgendetwas zu tun. Andreas hatte sich mit der ermordeten Magd zu schaffen gemacht. Wenn es dafür auf seiner Seite Beweise gab, so dachte sie, musste sich auch auf der Seite der Toten etwas finden lassen. Das war ihre Angst, das trieb sie an. Was immer es war, sie – Maria – würde das Beweisstück sofort entdecken. Und beseitigen. Damit nicht ihr Mann, ihr lieber Andreas, der doch nur ein wenig über die Stränge zu schlagen pflegte, in einen üblen Verdacht kam. Damit er nicht ...

Maria Sibylla hielt inne, schwer atmend. Sie musste sich krümmen, so sehr stach es sie in die Seite. Andreas!, dachte sie. Andreas, wie er war, wenn er getrunken hatte. Wie er ihr eben an die Röcke gegangen war, mit der Stimme eines klagenden Kindes, aber mit Händen, die frech waren und rücksichtslos. Aber waren sie auch brutal? Würden sie sich um einen Frauenhals legen und zudrücken?

Unwillkürlich strich Maria ihre Röcke glatt, an deren Sitz nichts auszusetzen war. Und wenn er es tatsächlich getan hatte? Wenn ihr Andreas …? Sie presste die Hand vor den Mund, um ein Keuchen zu unterdrücken.

»Kann ich helfen?« Der Mann, der sie angesprochen hatte, neigte sich ein wenig vor. »Seid Ihr nicht die Malerin?«

Erschrocken schaute Maria zu ihm hoch. Er war ganz in Schwarz gekleidet, besaß ein schmales, fast asketisches Gesicht, jedoch freundliche graue Augen. Das Haar war an den Schläfen schon beinahe weiß, dabei hatte er kaum Falten, nur ein strenges Paar Linien, das von der Nase zu den Mundwinkeln führte. Er hätte missmutig aussehen können, aber er lächelte.

»Ich habe mich nicht getäuscht«, sagte er und begrüßte sie förmlich. »Wir wurden einander bei der Jungfer Imhoff vorgestellt«, erinnerte er sie.

»Ach, der Arzt!« Maria Sibylla beeilte sich, ihre Gedanken zu sammeln. Niemand sollte sie bleich oder gar verweint am Wegrand stehen sehen. Es war schon schlimm genug, dass sie hier ohne Umhang unterwegs war, ohne züchtige Begleitung und vor allem: ohne eine gute Erklärung dafür.

»Arzt, ja. Allerdings fürchte ich, Ihr verwechselt mich mit dem ehrenwerten Dr. Volkamer. Ich bin nur sein Assistent. Aber mit ein wenig Glück werde ich das Vergnügen haben, Euch in seinem Garten begrüßen zu dürfen, um Euch herumzuführen. Wir teilen ein wenig die botanischen Neigungen.«

»Oh, ich … äh, ich wusste noch gar nicht, dass er … – Das ist sehr freundlich«, setzte sie ein wenig hilflos hinzu.

Er lächelte sein sympathisches Lächeln. »Jungfer Imhoff kann eine sehr überzeugende Fürsprecherin sein. Aber ich versichere Euch, dass Eure Bildtafeln den Doktor mindestens ebenso beeindruckt haben. Sie und die Genauigkeit Eurer Beschreibungen.« Er bot ihr seinen Arm an. »Und es ist also in der Tat so, dass Ihr beobachten konntet, wie die Raupen sich einspinnen?«

Maria nickte. »Bis es so weit ist, halte und füttere ich sie mit den Blättern der Pflanze, auf der ich sie gefunden habe. Andere Nahrung nehmen sie meist nicht. Sie gehören eng zusammen mit dem Busch, dem Baum oder der Blume, auf der sie leben. Es ist ein fein durchdachter Zusammenhang, müsst Ihr wissen.« Sie warf ihm einen vorsichtigen Blick zu. Die Worte kamen ihr wie von selbst. So war es immer, wenn sie auf ihr Thema zu sprechen kam: Es floss einfach aus ihr heraus. Dennoch fragte sie sich, wo er hinwollte und wie sie von ihm loskommen könnte für ihr delikates Vorhaben.

»Und aus diesen – wie beliebtet Ihr es zu nennen? – Dattelkernen, zu denen sie sich verspinnen, entweichen sie dann völlig verwandelt als Schmetterlinge?«

Sie neigte bestätigend den Kopf. »Ihr habt gut zugehört, Herr …«

»Peller. David Alexander Peller. Zu Euren Diensten.« Er zog den Hut und offenbarte dabei eine zerdrückte, wenig gepflegte Perücke, die hier vor der Stadt auf dem staubigen Weg seltsam feierlich anmutete, trotz ihres beklagenswerten Zustandes.

Maria musste unwillkürlich lächeln.

Er bemerkte es. In seine Augen trat ein trauriger Blick. »Erstaunlich, dass die Welt das bislang nicht glauben wollte und lieber annahm, die Tiere entsprängen Unrat und Schlamm und teuflischem Werk. Dabei tragen wir doch alle unterschiedliche Häute und erscheinen ganz verschieden darin, je nachdem, welche gerade zu sehen ist.«

Sie fühlte sich ertappt. Es tat ihr leid, sie war die Letzte, die sich über einen Menschen des Geistes erheben sollte, nur weil er unter Geldmangel litt. Aber sie hatte im Moment wirklich andere Dinge im Kopf. »Leider«, begann sie, »habe ich ...«

»Oh«, er schlug sich an die Stirn. »Ich raube Euch die Zeit.«

»Nein, nein«, beeilte sie sich zu versichern, ließ aber seinen Arm los. »Ich bin es vielmehr, die so einen wichtigen Mann von der Arbeit abhält.« Sie schaute umher, ob es Zeugen für ihr Zusammentreffen gab oder einen Ort, an dem er möglichst bald verschwinden würde, damit sie ungesehen zum Johannisfriedhof käme. Aber der einzige Mensch weit und breit war eine tief verhüllte, gebückt gehende Frau, die sich in einiger Entfernung vorbeidrückte. Das Glöckchen, das bei jedem Schritt ertönte, sagte Maria, dass es sich bei ihr um eine der Siechen aus dem Kobel beim Stadttor handelte. Diese Frau war jemand aus einer anderen Welt. Sie würde sich nicht für das interessieren, was hier geschah.

Dr. Peller zog bedauernd die Stirn in Falten. »In der Tat bin ich gerufen worden, eine Leiche zu begutachten. Ein armes Ding ohne Anhang, das man im Friedhof von Johannis neben die Gartengeräte geworfen hat. Es soll in Johannis gewohnt haben.« Er neigte sich ihr zu.

»Sie wurde vielleicht ermordet.« Dann richtete er sich wieder auf. »Aber verzeiht, das ist gewiss kein Thema für Frauen wie Euch.«

Ein Lachen stieg in Maria Sibyllas Kehle hoch, das sie gerade noch rechtzeitig verschlucken konnte. Mochte er es als »Ha!« deuten. Sie winkte ab. »Ich danke Euch für Euer Zartgefühl, Herr Doktor, aber ich fürchte, der Tod macht vor keinem Halt. Ich war leider diejenige, die das Mädchen heute Morgen fand. Dabei ...«

»Ach«, unterbrach er sie. »Das ist ja ein glücklicher Umstand. Ihr würdet nicht zufällig ...? Aber nein, das geht natürlich nicht, das ist sicher selbst von einer Frau der Wissenschaft wie Euch zu viel verlangt.«

Maria war so erleichtert, dass sie von sich aus wieder seinen Arm nahm. Wenn das kein Wink des Schicksals war. »Sehr gerne«, platzte sie heraus. Erst dann wurde ihr bewusst, dass das wohl kaum die angemessene Reaktion auf eine Einladung zur Leichenschau war. Sie fügte hinzu: »So wie ich Euch bald in den Volkamer'schen Gärten meine Welt zeigen werde, zeigt Ihr mir nun die Eure.«

7

Die arme Beata hatte eine wahrhaft klägliche Ruhestätte gefunden: in der Ecke eines Schuppens, der den Totengräbern als Aufenthaltsraum diente. Hier lagen Bretter aufgestapelt, in der Ecke drängten sich Schaufeln und Hacken, allesamt noch schmutzig, man fand irdene Töpfe, zerschlagene und heile, Seile zum Herablassen der Särge in die Gruben und allerlei Messer, Beile, Hämmer und Sägen in wilder Unordnung herumliegen.

Ein Gehilfe wies ihnen mit gelangweilter Miene den Weg zu der Toten.

»Aber sie ist ja nackt!«, rief Maria Sibylla aus, als sie das Mädchen daliegen sah, die blasse Haut verschmutzt und aufgeschürft, den Kopf in engem Winkel auf die Seite gerollt und die Augen mittlerweile eingesunken und ohne Ausdruck.

»Es tut mir leid, wenn Euer Schamgefühl beleidigt wird«, begann Dr. Peller an ihrer Seite und warf dem feixenden Totengräber einen strengen Blick zu. »Ich hätte nicht …«

»Nein, nein, nein«, beeilte sich Maria Sibylla den Irrtum aufzuklären. »Ich meine nur: Als ich sie fand, war sie ganz und gar bekleidet. Mit Hemd und Rock und Mieder. Nur das Halstuch fehlte, sodass man ihren nackten Hals sah.« Sie beschrieb ihm kurz die Kleidungsstücke.

Das Gesicht Pellers wurde streng. »Nun?«, fragte er einen der herumlungernden Totengräber.

Der spuckte auf den Boden. »So kam sie hier an«, war alles, was er sagte. Peller ließ den Ersten Knecht und den

Friedhofsvorsteher kommen, die aber beide die Aussage ihres Kollegen unterstützten.

»Dann muss es der Schütze genommen haben, der sie herbrachte.« Zu einem anderen Schluss wollte Maria Sibylla nicht gelangen.

»Das – oder diese Schurken haben sich unter den Nagel gerissen, was da war, und teilen jetzt die Beute.« Noch immer düster schaute Peller den davonschlendernden Männern nach. »Und Ihr sagt, sie war vollständig bekleidet?«

»Ja«, bestätigte Maria noch einmal. Sie dachte an den Unterrock. Aber sie schwieg. »Wie es sich für eine Magd gehört, möchte ich meinen.«

Sie ging in die Knie, während der Arzt seine Tasche öffnete, seine Unterlagen herauszog, auf einem herumliegenden Sandsteinbrocken als Tisch umständlich ausbreitete und begann, sich Notizen zu machen.

»Die Füße waren heil, als ich sie fand«, sagte Maria laut über die Schulter zu ihm gewandt. »Die Abschürfungen hier müssen vom Transport kommen. Sie sind wahrhaftig nicht pfleglich mit dem armen Ding umgegangen.«

»Abschürfungen«, murmelte Peller und fuhr sich mit der Zunge über die Lippen, während er mitschrieb. »Eure Beobachtungsgabe wird wahrlich nicht umsonst gelobt.«

»Es saß ein Falter auf ihren Zehen«, bekannte Maria und warf ihm einen verständnisheischenden Blick zu.

Er erwiderte ihn mit einem Lächeln. »Und ich bin sicher, Ihr könntet ihn mir ebenso genau beschreiben.«

Sie nickte verschämt. Errötend wandte sie sich wieder der Leiche zu. Die Brüste waren flach und zur Seite gesunken. Das noch am Morgen so lebendig wirkende

Fleisch, auf dem der Tau gelegen hatte, war nun voller lilafarbener Flecken und sah aus, als wäre es aus einer zähen Materie, die die ehemalige Gestalt des Mädchens nur unvollkommen wiedergab. Der Blick ging nirgendwo mehr hin.

»Was Beweise braucht der Mensch mehr, dass es eine Seele gibt ...«, murmelte Maria vor sich hin. »Was für weitere Beweise als diesen Anblick, der so klar zeigt, dass sie jetzt fehlt.«

»Möge sie bei Gott ruhen, amen«, setzte der Arzt hinzu. Seine Schuhe knarzten, als er näherkam. Er beugte sich über die Tote und begann, Handbreit für Handbreit, ihren Körper zu mustern. Da er sich dabei so dicht hinunterneigte, vermutete Maria Sibylla, er könnte kurzsichtig sein, und ihr fiel etwas ein. Hastig kramte sie in einem der Täschchen, die noch immer an ihrem Gürtel hingen, Teil der Ausrüstung ihres morgendlichen Ausflugs. Endlich reichte sie ihm einen metallenen Gegenstand, den er entgegennahm und aufklappte. »Ein Vergrößerungsglas«, stellte er erstaunt fest.

»In meinem Atelier habe ich bessere«, entschuldigte sie sich. »Das hier dient mir dazu, an Faltern das Geschlecht zu bestimmen. Oder festzustellen, ob an Raupeneiern noch Afterhaare des Weibchens hängen. Das ist dann immer ein Beleg dafür, dass sie erst vor Kurzem gelegt wurden.«

»Ihr seid wahrhaftig eine bemerkenswerte Frau«, meinte er, der bei dem Wort Afterhaare kurz zusammengezuckt war. Ohne weiteren Kommentar nahm er das Glas, um seine Untersuchungen fortzusetzen. »Keine verdächtigen Muttermale, nicht rot, nicht groß«, murmelte er.

»Was hätte das zu sagen?«, erkundigte Maria Sibylla sich.

Er setzte das Glas ab und schaute sie an. »Hinweise auf Hexerei«, sagte er knapp. In seiner Stimme lag ein Hauch von Ironie. »Unsere Mutter Kirche ist immer erpicht darauf zu hören, ob solcherlei eine Rolle spielt. Aber dass diese hier eine Hexe war, können wir wohl ausschließen.« Er seufzte. »Allerdings finde ich auch keine eindeutigen Wunden.«

»Was ist mit den Würgemalen am Hals?« Maria konnte vor Aufregung kaum sprechen.

Wieder ließ er das Glas sinken, um ihr einen Blick zuzuwerfen. Dann aber betrachtete er ohne Einwände die von ihr benannte Stelle.

»Würgemale, hm«, meinte er. »Das hier und das scheint mir eher auf etwas anderes hinzudeuten. Auf eine *causa amoris* sozusagen.«

Maria verstand kein Wort.

»Liebesbisse«, brachte er schließlich heraus.

Maria riss die Augen auf. »Ihr meint, sie ist gebissen worden?«

Jetzt konnte er sich ein Grinsen doch nicht verkneifen. »Nicht im landläufigen Sinne«, erklärte er. »Aber es gibt eine Form des Küssens, die derartige Flecken hinterlässt. Verzeiht mir, wenn ich ...«

Maria Sibylla errötete wie noch nie in ihrem Leben. »Schon gut, ich bin eine verheiratete Frau.« Und eine, die so noch niemals geküsst wurde, dachte sie bitter. Und das weiß Dr. Peller nun genauso gut wie ich. Mehr um ihre Verlegenheit zu überspielen als aus einem konkreten Grund nahm sie ihm das optische Glas ab und neigte sich ihrerseits über den Hals. Sie verharrte lange in dieser Position. Endlich waren ihre Wangen wieder kühl.

»Hier ist etwas«, sagte sie schließlich. »Hier, an dem langen Mal, seht Ihr? Ich denke, dass dieses doch von einer Schnur oder etwas Ähnlichem stammen muss. Und da ist so eine Art Fussel.«

»In der Tat«, brummte der Arzt, der sich seinen Unterlagen gewidmet und nur kurz den Kopf gehoben hatte. Er schien ein wenig ungehalten, dass er noch einmal mit neuen Erkenntnissen gestört wurde, die seinen Bericht durcheinanderbrachten. Mit einer Pinzette fischte er heraus, was Maria ihm zeigte. »Eine Faser«, bestätigte er. »Die könnte von einem Halstuch stammen. Aber das fehlte ja, wie Ihr bemerktet.« Er zuckte mit den Schultern. »Blau, würde ich sagen. Ich wüsste allerdings nicht, wie uns das weiterhelfen sollte. Was den Flecken angeht, habt Ihr vielleicht recht. Ich notiere also: möglicherweise erdrosselt. Vielleicht hat sie auch einfach der Schlag getroffen.«

Ihr fehlten die Worte. Der Schlag! Maria Sibylla starrte den Arzt an, der sich wieder seinen Aufzeichnungen widmete, als wäre sie gar nicht da. »Ihr meint also nicht, dass sie ermordet wurde?«, wagte sie immerhin noch zu fragen. Ihre Gedanken rasten. Gut so, flüsterte eine Stimme in ihr. Wo kein Mörder gesucht wird, kann auch keiner gefunden werden. Und Andreas wäre in Sicherheit. Andererseits kam ihr all das so hanebüchen vor, dass sie kaum an sich halten konnte. Der Schlag! Welcher vernunftbegabte Mensch würde angesichts des geschundenen Mädchenkörpers zu so einem Schluss gelangen! Das war doch zu unsinnig, einfach dumm. Sei still, ermahnte sie sich selber, aber es fiel ihr schwer. Dabei hatte der Mann so sympathisch gewirkt.

Als hätte er ihren letzten Gedanken gehört, schaute er auf und lächelte ihr zu. »Ich danke Euch sehr, Frau Gräffin, für Eure Hilfe. Ab jetzt liegt die Sache in den Händen des Rates. Wir beide sind nicht mehr gefordert. Er legte die Feder nieder und löschte das Geschriebene mit einer Handvoll Sand, die er einfach vom Boden nahm. Sorgsam blies er den Schmutz wieder fort. »So. Ab jetzt können wir uns wieder den angenehmen Fragen und den Faltern widmen. Tagvögelein, nennt Ihr sie nicht so?«

Maria Sibylla, die ihn in Gedanken mit weit weniger idyllischen Namen bedacht hatte, nickte mechanisch.

Er stand auf und reichte ihr die Hand. »Auf dann also, möchte ich sagen. Bis bald in den Gärten Eurer Welt?«

Sie nickte noch einmal. »Gerne«, brachte sie heraus. Lass es gut sein, mahnte sie sich, alles steht zum Besten. Es ist nicht klug, immer alles zu sagen, was man denkt – gerade für eine Frau. Sei klug, Sibylla, redete sie sich gut zu, wenigstens dieses eine Mal. Und sie versuchte ein zuckersüßes Lächeln.

8

Der Heimweg fiel Sibylla leichter. Beatas Unterrock war verschwunden, irgendwo zwischen dem Laufer und dem Tiergärtnertor, in den Händen irgendeines Menschen, der sich davon einen bescheidenen Gewinn versprach. Wenn sie Glück hatte, dachte Maria, tauchte er niemals wieder auf, genauso wenig wie die restlichen Kleider des armen Mädchens oder ihr Halstuch, mit dem sie vermutlich erwürgt worden war. Sie hatte die Faser des blauen Tuches gut vor Augen, wie sie aus der Wunde gezupft worden war. Ob Peller sie in seinem Bericht erwähnen würde? Wohl kaum. Es war vorbei; sie würde sich keine Sorgen mehr machen müssen.

Mit deutlich leichteren Schritten überquerte sie zwischen den Bauernkarren die Zugbrücke über den Trockengraben, die von all den Rädern widerhallte.

Maria ließ sich mit der Menge treiben. Die Türme der Sebalduskirche schon vor Augen, blieb sie endlich stehen. Nach kurzem Zögern entschied sie sich, zur Lorenzkirche zu gehen, statt sofort heimzukehren. Es war wohl besser, die Schulden, die Andreas dort letzte Nacht gemacht hatte, sofort und vor Ort zu begleichen. Wer wusste schon, was für einen Menschen der Wirt ihnen sonst ins Haus schickte, um sie einzutreiben. Besser, die Nachbarn bekamen ihn nicht zu Gesicht. Dann wäre auch dies erledigt.

Sie mied den benachbarten Abschnitt des Flusses mit seinem Kloakengestank, den Abfällen und dem Lärm der Mühlen. Auch bereitete ihr der Gedanke Unbehagen, die Henkerswohnung auch nur von Weitem sehen zu müssen. Lieber wählte sie die Barfüßerbrücke mit dem tröstlichen Anblick des Heilig-Geist-Spitals, das so unverwüstlich und fest dastand und aus dem manchmal der Duft der Apothekenkräuter herüberwehte. Aber an diesem Tag sollte Maria dem Henker und seinen Gehilfen nicht entkommen.

Kaum hatte sie den Fuß auf die Brücke gesetzt, wurde sie schon gegrüßt.

Die Dietherin, wunderte Maria Sibylla sich, als sie das kleine Grüppchen bemerkte, das ihr entgegenkam. Was macht sie in Gesellschaft einer Gefangenen und des Henkersknechtes? Die Witwe Clara Dietherin gehörte zu den »Ehrbaren Damen« der Stadt, die über die Hebammen und Findelhäuser zu wachen hatten. Mehr als zwanzig von ihnen gab es in Nürnberg, die ihr karges Einkommen im öffentlichen Dienst aufbesserten. Eine Weile war Maria selbst versucht gewesen, so ein Amt zu übernehmen, um die Kosten für ihren eigenen Haushalt zu tragen. Doch zum Glück hatte sich ihr kleiner Handel mit Farben und Firnis als lukrativ genug erwiesen. Sie hätte kaum gewusst, woher die Zeit für dieses Amt nehmen. Und wenn man Andreas' Lebenswandel in letzter Zeit betrachtete, wäre sie wohl Gefahr gelaufen, abgelehnt zu werden.

»Dietherin! Was tut Ihr an so einem schönen Tag hier in solcher Begleitung?«

Die Ehrbare Dame schnaubte. »Mit was muss man sich nicht alles herumschlagen. Da, das Weibsstück, die Gebhardin, hat sich widerspenstig gezeigt, hat lose Reden gegen uns Damen geführt und getrunken bei der Arbeit. So besoffen war sie bei der letzten Entbindung, die sie geleitet hat, dass sie das Neugeborene für einen

Jungen ausgab, wo es doch ein Mädchen war. Ein Skandal ist das.« Sie wies mit dem Kinn auf die gefesselte Frau. Dieser hingen die Haare, wohl nach einer langen Nacht im Arrest, offen wie bei einer Prostituierten über die Schultern, aber sie machte keine Anstalten, etwas an ihrem liederlichen Äußeren zu verändern. Der Dunst, der von ihr ausging, bestätigte jedes Wort ihrer Anklägerin. Sie stank noch immer nach Schnaps. »Und ein Lehrmädchen wollte sie auch nicht aufnehmen. Trotz unserer Vorstellungen«, fuhr die empörte Dietherin mit ihren Anschuldigungen fort.

Jetzt kam doch ein wenig Leben in die Angeklagte, die zuvor schwankend dagestanden hatte, die Hände vor dem Körper in Ketten gelegt. »Meine Beata hat bei mir gelernt.« Sie hatte Mühe, die Worte zu formen.

»Magd war sie, beim Verleger Fürst«, widersprach die Ehrbare Dame. »Und hat vom einen wie vom anderen wenig Ahnung gehabt nach allem, was man hört.« Sie schüttelte den Kopf. »Da lügt sie noch im Angesicht der Strafe.«

»Sagte sie Beata?«, hauchte Maria Sibylla, der ein schrecklicher Verdacht kam. »Ein blondes Mädchen, so um die zwanzig und hübsch?«

Die verhaftete Hebamme nickte, nachdem der Henkersknecht ihr einen Stoß versetzt hatte. »He, Kerl, verreck ... – ja, ich meine: Auf meine Beata kann ich stolz sein. Stolz!«, wiederholte sie lauter und reckte das Kinn, als die Dietherin sie strafend ansah.

»Ja, aber ...«, entfuhr es Maria Sibylla. Sie erwiderte den überraschten Blick der Ehrbaren Dame. »Wisst Ihr denn nicht, dass Beata heute Morgen tot vor dem Laufer Tor aufgefunden wurde?«

Einen langen Moment herrschte Stille. Dann begann die Hebamme in ein Klagen auszubrechen, das nicht mehr menschlich war. Sie warf sich in ihren Ketten hin und her wie ein betender Muselmane und stieß Laute aus, die eher an ein Tier erinnerten. Über ihren Kopf hinweg tauschten die anderen drei ein ratloses Schweigen.

»Sollte man ...?«, begann die Obfrau schließlich laut zu überlegen.

Der Knecht schüttelte den Kopf. »Urteil ist Urteil.«

»Und Ihr seid da sicher, Gräffin?«, wandte sich Clara Dietherin dann an Maria Sibylla.

Diese nickte. »Leider.« Sie dachte nach. »Könnte man die Hebamme nicht fragen, ob sie etwas über den Tod ihrer Tochter weiß?« Sie formulierte es bewusst vorsichtig, das Wörtchen *Mord* vermied sie, da sie nicht wusste, ob Peller es überhaupt ins Spiel bringen würde.

»Die hat so schnell keine Einfälle mehr«, meinte der Knecht und stieß seine Gefangene in die Hüfte, damit sie sich in Bewegung setzte. »Hat alles seine Zeit.«

Die Ehrbare Dame hob hilflos die Hände. »Ich werd's dem Lochschöffen melden«, versprach sie. »Es ist ja doch ein besonderer Fall. Meine Güte.« Noch im Weggehen fragte sie: »Ihr wisst nicht zufällig, wer das die Tage ist?«

Maria Sibylla rief ihr den Namen des Rates Nützel zu, konnte aber die Antwort nicht mehr verstehen über dem lauten Klagen der Gefangenen, die zur Ostseite des Rathauses an den Pranger geführt wurde.

Vorbei ist doch niemals vorbei, sagte Maria Sibylla sich beschämt. Die Dinge machen ihre Metamorphose durch und verwandeln sich. Eben nur ein medizinisches Rätsel, jetzt ein gebrochenes Mutterherz. Sie ging langsam weiter, bedrängt von einer großen Gruppe

Gläubiger, die in Erwartung der nächsten Messe Sankt Lorenz zustrebte.

Um die Kirche herum herrschte ein großer Trubel. Nicht nur Kirchenbesucher waren da, die sich Seelenfrieden erhofften oder einfach die reichen Altäre bestaunen wollten, sondern auch unzählige Händler und ihre Kunden, die vor den Buden aus und ein flogen wie die Bienen vor dem Stock. Im Eingangsbereich des Gotteshauses drängten sich besonders viele Bettler in der Hoffnung, ein schlechtes Gewissen vor der Beichte oder ein erleichtertes Herz danach mache die Gläubigen spendenfreudig. Schmutz und Unrat, der einfach aus den Hütten gekehrt wurde, häuften sich auf dem löchrigen Kopfsteinpflaster beinahe knöchelhoch.

Maria raffte die Röcke und drängte sich so gut es ging durch die Menge. Sogar in der Luft flatterte und kreischte es wild durcheinander; ganze Horden von Tauben, Krähen und anderen Vögeln suchten sich in dem herumliegenden Müll ihre Nahrung und stießen ungeniert auf die freien Plätze herunter. Und über allem zergingen im selben Moment die bleiernen Ringe der Glockenschläge von Sankt Lorenz. Unwillkürlich zog Maria Sibylla den Kopf ein. Doch um sie herum tobte das Leben weiter.

In einem der hölzernen Anbauten, die sich dicht an dicht um den mächtigen Sandsteinkörper der Kirche drängten und Kramläden, kleine Werkstätten und Spelunken beherbergten, hatte Andreas gezecht. Endlich sah sie den schäbigen Laden, in dem ihr Mann die letzte Nacht zugebracht hatte. Ein grob bemaltes Schild wies ihn als die Kneipe *Zum frohen Prediger* aus. Hier verkehrten fast nur Reisende und übel beleumundetes Volk; die

Nürnberger von Stand vergnügten sich anderswo. Maria Sibylla zögerte lange, ehe sie eintrat. Just als sie sich entschlossen hatte, kam von drinnen ein Poltern, ein lauter Schrei, und mit Schwung wurde die wackelige Tür aufgestoßen.

Sie konnte gerade noch einen Schritt zurücktun und verhindern, dass der Mann, der Kopf voran herausgeflogen kam, sie von den Füßen schubste.

»Da, du Lump, und lass dich hier herin nicht mehr blicken.« Der Wirt stand mit in die Hüften gestemmten Händen im Eingang. Als er Maria Sibylla sah, ging ein Grinsen über sein Gesicht.

9

»Ah«, sagte er, »da kommt ja der andere Schuldner. Oder zumindest sein Eheweib.«

Es war Maria Sibylla mehr als unangenehm, von diesem Mann angesprochen zu werden. Darüber hinaus verwunderte es sie, dass er sie kannte. »Ich wüsste nicht ...«, begann sie.

Aber der Wirt winkte gleich ab. Er wischte sich die Hände, rot von den Ohrfeigen, die er seinem letzten Kunden verpasst hatte, an einer dreckigen Schürze ab und fuhr fort: »Euer Mann hat ausführlich genug von Euch gesprochen, der großen Malerin. Und in Nürnberg kennt man die Gräffin. Nicht nur in den feinen Häusern am Egidienplatz.«

Es hätte wie ein Lob klingen können, aber aus seinem Mund kam es Maria Sibylla wie eine Beleidigung vor. Und sein schmieriges Lächeln machte klar, dass es auch so gedacht war.

Der Wirt stieß den Mann an, der noch immer am Boden lag. »Steh auf, Matthias«, sagte er. »Die Auslösung kommt.«

Der Angesprochene grunzte nur und hob kaum den Kopf.

»Mit dem da hab ich nichts zu schaffen«, beeilte Maria sich einzuwenden.

»Der da«, erwiderte der Wirt, »ist ein Sohn vom Professor Arnold, der am Egidianeum unterrichtet. Der Alte ist aber nicht nur ein Professor, sondern auch ein Geistlicher, und Verse macht er auch. Genau wie sein Sohn, wenn er geladen hat.« Der Wirt lachte. »Nur als Erzieher scheint er mir nicht so erfolgreich.«

Widerwillig warf Maria Sibylla einen zweiten Blick auf den Säufer zu ihren Füßen und musste ihm im Stillen recht geben: Trotz der Vernachlässigung war die Weste des Mannes nobel, die Hosen mussten teuer gewesen sein, und die Stiefel ließen unter all dem Staub und Schmutz feines Leder erkennen. Vermutlich war er tatsächlich, was der Wirt sagte: ein gefallener Sohn aus gutem Hause, der jetzt gegen Mittag zurückkriechen würde in sein bürgerliches Heim, um sich die Schelte abzuholen und sich dann an das Schreibpult zu stellen. So wie ihr Andreas auch.

»Er und Euer Mann haben hier gestern eine gewaltige Zeche auflaufen lassen.« Der Wirt fasste sie ins Auge und nannte eine Summe, die die Malerin blass werden ließ.

»So viel hab ich nicht bei mir«, rief sie. »Wie soll das denn gegangen sein?«

»Gott, wenn zwei die ganze Nacht hocken und dabei den Laden aushalten, da kommt schnell was zusammen. Außerdem haben sie mir Teller zerschmissen und einen Tisch.«

»Die ganze Nacht?« Langsam ging Maria auf, was er da sagte. »Ihr meint, mein Andreas war die ganze letzte Nacht bei Euch?«

»Vom Neune-Läuten bis es fast hell war. Habt Ihr ihn nicht heimkommen hören?«

Doch, aber ich wusste nicht, woher er gekommen ist, dachte Maria und frohlockte innerlich. Andreas war nicht vor dem Laufer Tor gewesen, weder da noch irgendwo anders mit dem Weib – mit der Beata, wie sie sich rasch verbesserte. Jetzt, wo sie sicher war, dass ihr Mann kein Mörder sein konnte, wollte sie dem Mädel nichts nachtragen. Gesehen freilich musste er sie irgendwann haben. Von recht Nahem wohl. Oder war das alles nur Zufall mit dem Rock? Die Zweifel kehrten wieder, und Maria wusste nicht, was sie denken sollte. Seid Ihr Euch da so sicher?, wollte sie fragen, wagte es aber nicht. Stattdessen sagte sie: »Und der hier war dabei? Ihr könnt es mir bezeugen?«

Der Wirt meinte, sie spreche von der Höhe des Betrages, und zog die Stirn in Falten. Nachdenklich betrachtete er den jungen Mann am Boden, der sich jetzt stöhnend aufsetzte und sich wie ein Kind mit den Fäusten die Augen rieb. Offenbar überlegte er, was ihm zuzutrauen war, wenn er wieder in ordentlicher Verfassung wäre, und was er seinerseits über die gestrige Nacht zu sagen hätte. »Na gut«, meinte er. »Den Tisch nehm ich auf meine Kappe. Man ist ja kein Unmensch.«

Maria Sibylla presste die Lippen zusammen. Sie nickte dem Wirt zu. »Ich schicke jemanden«, sagte sie nur knapp, wobei sie sich vornahm, ihm die Hälfte des Betrags zukommen zu lassen und abzuwarten, ob er sich beschwerte. Zu viel war es vermutlich immer noch.

Wie eine Schlafwandlerin ging Maria heimwärts. In ihrem Kopf wälzte sie die schwere Frage, ob sie jemals geglaubt hatte, dass Andreas der Mörder sein könnte. Und falls ja, was folgte daraus für ihre Ehe?

Erst als sie vor der Spitalapotheke stand, wurde ihr klar, dass sie nach der Brücke ohne nachzudenken nach rechts abgebogen war. Daher beschloss sie, den Heimweg über den Obstmarkt zu nehmen. Diesen Ort liebte sie, weil es da manchmal so zart und aromatisch roch wie sonst nirgendwo in der Stadt. Bisweilen verirrte sich hierher sogar ein Falter, oder auf den angebotenen Bauernsträußen fanden sich noch Raupen, die die fleißigen Pflückerinnen übersehen hatten. Aber auch so waren die schlichten Arrangements doch immer eine Augenweide und eine Anregung für Marias Malerinnen-Sinn. Dorothea, erinnerte sie sich, war einmal sogar so weit gegangen, sich mit ihren Aquarellfarben auf einem Schemel in einer Ecke des Marktes niederzulassen, um etwas von der Farbenpracht der Stände festzuhalten. Ihr Vater allerdings hatte es ihr bald untersagt, und so reihte sie das Obst jetzt wieder brav zu Hause auf dem Tisch auf, um es in dem Licht abzubilden, das durch die Hoffenster hereinfiel.

So früh im Jahr war das Angebot noch nicht allzu groß. Rüben und Zwiebeln dominierten neben ein wenig frühem Salat, vorwiegend aus Wildkräutern. Die Freunde der Brennnessel fanden reichlich Vorrat so wie die der Fetten Henne und der Minze. Allein ihr Geruch und das viele Grün waren eine Wohltat, vor allem nach dem Inferno an Eindrücken um Sankt Lorenz. Maria erstand ein Bündel Petersilienwurzeln, dann fragte sie sich, ob sie noch einmal den Anblick der Hebamme auf sich nehmen sollte, die ganz in der Nähe im Prangereisen stand und vermutlich von allerlei Schaulustigen und quälfreudigen Lumpenkindern umlagert war. Sie könnte ihr einen Schluck Wasser anbieten und dabei ein paar Fragen stellen. Maria Sibylla war nicht sicher, ob ihre Kraft dafür heute noch reichen würde. Andererseits quälten sie die vielen offenen Fragen in diesem Fall. Es war wie mit einem Raupenei, das man auf einem Blättlein findet und von dem man sich beständig fragt, was wohl am Ende daraus schlüpfen mochte.

Gerade, als sie sich entschlossen hatte, vernünftig zu sein und unverzüglich heimzukehren, sah sie ihn. Und er kam direkt auf sie zu.

10

Sein Lächeln zeigte ihr, dass er sie erkannt hatte. Und zu ihrem Ärger bewies ihm die aufschießende Röte ihrer Wangen nur allzu deutlich, dass auch sie sehr wohl wusste, wer er war. – Nein, weiß ich nicht, versuchte sie sich zu wehren. Ich habe keine Ahnung, wer dieser dahergelaufene italienische Stuckateur ist. Ich kenne ihn ja kaum.

Tatsächlich konnte sie sich nicht erklären, warum gerade dieser Mann unter all den vielen, die hier in den Straßen herumliefen, ihre Blicke auf sich zog. Warum nur weckte er in ihr dieses Gefühl, das sie bisher nicht kannte, nicht einmal aus der ersten Zeit mit Andreas? Dieser war, seit sie denken konnte, ein Teil ihrer Familie gewesen, und niemals hatte sie es als unvernünftig empfunden, sich mit ihm vertraut zu fühlen.

War es Morettis Gestalt? So gut sah er doch nicht aus mit dem dunklen Gesicht, den staubigen Haaren, die ihm über die Augen fielen, und – sie bemerkte es im selben Moment – der Narbe über dem Mund. Er war nicht größer als andere, nicht athletischer. Trotzdem musste sie ihn immer wieder anschauen. Wie ein Magnet zog er ihre Blicke an. Inzwischen kannte sie schon die Art, wie er die Schultern hielt, wie er ging und den Kopf wiegte, wie das Lachen in seinem Gesicht aufblühte, wenn ihm etwas gefiel. So wie jetzt. Ihr Gefühl ihm gegenüber war vollkommen unlogisch, unvernünftig und unsinnig dazu.

»Ah, die *signora*, die nicht *bella* sein will.«

»Ihr sprecht ja Deutsch!« Maria Sibylla biss sich auf die Lippen. Das war nicht die strenge Antwort, die sie geplant hatte.

Er lachte, und sie fühlte sich wie ein dummes Kind. »Bin ich arbeiten schon so lange hier heroben«, sagte er. »Jetzt für den Rat Behaim.«

»Ich weiß«, fiel Maria ihm ins Wort. Viel zu schnell, viel zu kurzatmig. Kein Wunder, dass er wieder lachte. Er tat es mit leuchtenden Zähnen, weiß wie der Gips, mit dem er arbeitete. Er tat es viel und gern. Und sie schaute ihm staunend dabei zu.

Plötzlich hob er die Hand. Und ehe sie es verhindern konnte, strich er ihr ein paar ihrer widerspenstigen Kraushaare hinter das Ohr. Das ging nun wirklich zu weit. Sie sollte ihn abwehren oder einen Schritt zurücktreten, sich das streng verbitten oder zumindest schauen, dass kein Nachbar es bemerkte. Stattdessen stand sie da und zitterte wie eine Pappel.

»*Bella*«, sagte er im Ton von jemandem, der eine unumstößliche Wahrheit verkündet. »Ich weiß, bin ich Künstler wie Ihr. Ich kann mit mehr als die Augen sehen.«

»Nun«, entgegnete Maria Sibylla steif. »Ich meinerseits bin völlig zufrieden, wenn ich meinen Augen trauen darf.«

Moretti schüttelte den Kopf. »Nein, nicht zufrieden. Ihr nicht. Aber Ihr werdet. Ihr seid mutig. Eines Tages ...« Er machte eine Handbewegung, die den Abflug eines Vogels andeuten mochte. »Dochdochdochdoch«, fuhr er fort, als sie den Mund öffnete, um zu widersprechen.

Er klopfte sich an die Brust. »Herz wild. Wilde Herz bleibt nicht in kleine Stadt in kleine Haus.«

»Also wirklich«, entfuhr es Maria Sibylla, und sie ertappte sich bei dem trotzigen Gedanken, dass ihr Haus so klein nun auch wieder nicht war. Aber im selben Moment wurde ihr klar, dass ihr Herz tatsächlich nicht daran hing. Nicht am Haus, nicht am guten Namen ihres Schwiegervaters mit dem Laureaten-Titel, nicht am Verlag ihres Bruders und seinem wachsenden Ruhm. Eigentlich nur .... Sie verlor sich in Gedanken. Als sie es bemerkte und aufschreckte, sah sie, dass er sie lächelnd betrachtete.

Sein Finger war erhoben, als wollte er sagen: Siehst du? Ertappt.

Maria verschränkte die Arme. »Und wo treibt Euer wildes Herz Euch hin?«

Er ließ sich nicht provozieren. Im Gegenteil, sein Gesicht wurde ernst. »Ich geboren an eine See«, sagte er voller Sehnsucht. »Wunderschöne See, blau, in Mitte von die Berge.« Seine lebhaften Hände formten Gebirgsketten. »Dort ich wieder sein, eines Tages. Aber vorher etwas schaffen. Etwas Großes.« Er schaute sie an. »Meine Namen zu erinnern. Ihr versteht?«

Ja, dachte Maria unwillkürlich. Das verstehe ich, ich verstehe es gut. Sie beherrschte sich, nicht heftig zu nicken. Aber sie wusste, dass er es in ihrem Gesicht lesen konnte. Deshalb beeilte sie sich, möglichst trocken zu fragen: »Mit der Arbeit hier am Haus der Behaims? Der Decke im Familiensaal?« Es klang nicht so spöttisch, wie sie gehofft hatte.

Doch er bemerkte die Absicht und lächelte ein wenig müde. »Vielleicht«, sagte er. »Aber ich denke: noch nicht.«

»Um was geht es bei der Decke denn?«, fragte Maria, die langsam von seinem Ernst angesteckt wurde.

»Freundschaft«, sagte er, und etwas in seinem Ton eroberte endgültig Marias Herz. Er nahm ihren Arm, und ehe sie sich's versah, gingen sie nebeneinander her, und sie lauschte der Beschreibung seiner Arbeit.

»Und das andere Feld?«, fragte sie. »Gegenüber? Was werdet Ihr dort abbilden?«

»Liebe.« Er blieb stehen. »Amor schießt ab seinen Pfeil, wo niemand entkommt. Ihr möchtet sehen? Vielleicht?«

Maria wurde es schwindelig. Nur verschwommen nahm sie wahr, dass sie schon fast an seiner Arbeitsstätte angekommen waren. Vor ihnen lag das Rathaus, und davor hatte sich eine Menschenmenge um den Pranger versammelt.

»Ich, ich ...«, stammelte Maria Sibylla. Aus den Augenwinkeln sah sie, dass sich eine Gasse gebildet hatte, die zu der unglücklichen Hebamme führte, die dort im Eisen stand. Zwei Männer waren bei ihr, ein Jäger und ein anderer, in dem Maria den Rat Nützel erkannte, als er sich zu ihnen umwandte.

»Was kann geschehen?«, flüsterte Moretti an ihrem Ohr.

Maria Sibyllas Herz schlug schneller.

Im selben Moment erhob die Gefangene ihre Stimme. »Da ist er«, schrie sie. »Das ist der italienische Teufel, der meine Tochter ermordet hat.«

Maria und Moretti fuhren auseinander. Aller Leute Augen richteten sich für einen kurzen Moment auf sie beide. Über die Köpfe der Menge hinweg war ein schmales Brett an einer Eckwand zu sehen, auf dem die Hebamme balancierte, die Hände hinter dem Rücken gefesselt und mit einem Halseisen an der Wand festgemacht. Neben ihr hatte man zwei weitere Unglückliche angekettet, Maria wusste nicht, was ihre Verfehlungen waren. Aber die beiden standen mit gesenkten Köpfen da und schienen entschlossen, die Zeit ihrer Schande mit geschlossenen Augen und zusammengepresstem Mund zu überstehen. Nur Beatas Mutter fügte sich nicht in ihr Los. Sie zerrte am Eisen, schimpfte und schrie und starrte zu ihnen herüber.

Unwillkürlich fasste Maria nach Morettis Hand. Er erwiderte fest ihren Griff, sie fühlte seine Wärme, die Rauheit seiner Finger, wo Hornhaut und Gips saßen. Es fühlte sich vertraut an und doch fremd. Erschrocken ließ sie los und wagte kaum, ihm in die Augen zu sehen. Sie wünschte sich, den Mut aufzubringen, ihn nach diesen Anschuldigungen zu fragen, nein, ihm zu sagen, dass sie nichts davon glaubte. Doch sie brachte kein Wort über die Lippen.

Beatas Mutter schimpfte immer weiter, nun sah man, wie der Rat Nützel, gefolgt vom Henkersknecht, dem sogenannten Löwen, sich mühte, die wackelige Leiter hinaufzuklettern, um mit ihr zu reden. Ob er sie ermahnen oder verhören wollte, konnte Maria nicht erkennen.

Moretti nahm erneut ihre Hand und raunte. »Ich Carlo. Du mutig und kommen?«

Maria musste lächeln. »Ja«, flüsterte sie. »Ja, ich komme. Ich ...« Sie wollte noch etwas sagen, aber zu ihrer Überraschung neigte er sich in dem Moment vor und streifte mit seinen Lippen sacht ihr Haar. Maria blieben die Worte im Hals stecken.

»Heute Abend«, flüsterte er zum Abschied. Dann war er fort.

Maria blieb alleine zurück. Inmitten der gaffenden Menge, mit einem Gesicht, das wie Feuer brannte, und der Frage, ob sie nicht eine Riesennärrin war.

11

Zum allerersten Mal in ihrem Leben verpatzte Maria an diesem Nachmittag einen Stich. Sie hatte sich in die Werkstatt gesetzt zu den Gesellen, unfähig, alleine zu sein, und sich an die Umsetzung von Andreas' Bleistiftzeichnungen in Stichvorlagen gemacht. Aber das Ergebnis mit seinen wackligen Linien und verzogenen Proportionen taugte zu gar nichts. Die Platte war verdorben. Verdrossen, wie es gar nicht ihre Art war, warf sie die Arbeit hin und stapfte die Stufen hinauf zu der Kammer, die ihre eigentliche Heimat war, ihr Refugium und ihr Rückzugsort. Hier war alles gut. Die vertraute Unordnung umfing sie wie eine tröstende Umarmung.

Seufzend sank Maria auf ihren Stuhl und starrte eine Weile auf die langen Reihen von Schachteln und Behältern, in denen ihre Gäste untergebracht waren: Raupen, behaarte und glatte, dicke und dünne, leuchtend farbige und unscheinbare, blass wie Maden. Solche mit bunten Beingliedern und solche mit exotisch anmutenden Stacheln. Langsam bewegten sie sich in ihren Gefängnissen, auf den Blüten und Blättern, die Maria ihnen nach bestem Wissen und Gewissen als Futter und Bettstatt gepflückt hatte. Denn eine jede von ihnen, das hatten ihre Forschungen ergeben, verlangte nach ihrer ganz besonderen Wirtspflanze, so wie jede Blume, jedes Kraut oder Gemüse seinen besonderen Boden brauchte, damit es gedieh. Die Rose wuchs nicht auf Lehm, sie wollte Sand. So tummelte der Kohlweißling sich nicht auf Glockenblumen oder Hahnenfuß. Er suchte die Brennnessel auf, um sich zu vermehren. Und einen Bläuling gab es, der ausschließlich den Wundklee liebte. Lange hatte sie gebraucht, um das herauszufinden. Sie zog eine Schachtel heran und betrachtete lange den »Dattelkern« eines Bläulings, wie sie solch eine Puppe stets nannte. Bald würde es so weit sein und er fliegen. Sie hob den Kopf. Ja, es war warm im Raum. Zu den wenigen unabwendbaren Pflichten der alten Anna gehörte es, in diesem Zimmer stets für ein Klima zu sorgen, das den Raupen bekam. Sie sollten sich wohlfühlen.

Maria hob den Behälter hoch. »Bald zeigst du dich«, murmelte sie. Da fiel ihr eine Besonderheit in der Färbung der Puppe auf und sie kramte nach Papier, um eine genaue Beschreibung festzuhalten. Genauigkeit und Geduld, das waren ihre Waffen im Kampf gegen das Unbekannte. Mit Exaktheit und mit zäher Beständigkeit kam sie weiter. Das waren die Tugenden, auf die sie zählen konnte, an die sie sich halten sollte. Maria spürte, wie allein der Gedanke daran sie wieder ruhiger werden ließ.

So, ganz langsam, Stück für Stück enthüllten sich ihr zum Dank all die wunderbaren Zusammenhänge in der Natur. Denn nichts geschah einfach so. Alles hatte seinen Grund, und alles hing mit allem zusammen auf eine Art und Weise, die harmonisch war und Maria mit großer Dankbarkeit erfüllte, auch mit Hoffnung. Das Leben war kein Chaos. Jeder Einzelne war ein Faden im Gewebe und lief nach Gottes Plan.

Sie betrachtete ein paar Eier des Waldwiesenvögelchens, die relativ groß waren, deshalb hatte sie sie überhaupt entdeckt. Beinahe blaugrün waren sie und gerippt wie manche Glasperlen. Wie kleine Kostbarkeiten lagen sie glänzend da. Die Raupen würden gelbgrün sein und sich nur auf bestimmten Gräsern aufhalten. Wie kam es nur, dachte sie, dass jedes kleine Tierchen genau wusste, wo sein Platz in diesem Plan war – und sie selbst, ein Mensch, geschaffen nach dem Bilde Gottes, wusste es nicht?

War es möglich, dass ein Mensch sich in sich selber täuschte und seinen Platz nicht fand? Dass er wie eine Rose im Lehm, wie ein Falter auf der falschen Blüte verkümmerte? Und war es möglich, solch einen Menschen spät in seinem Leben noch zu versetzen?

Maria ging ihre Sammlung durch wie eine Mutter die Häupter ihrer Kinder zählt und jedem von ihnen Aufmerksamkeit schenkt, da bemerkte sie, dass im Dattelkern eines Zitronenfalters ein Riss entstanden war. Sofort klopfte ihr Herz bis zum Hals. Sie entzündete eine Lampe und zog sie dicht heran. Mit zitternden, doch bald ruhiger werdenden Händen hob sie eine Lupe vors Auge und studierte das Ereignis in jeder Einzelheit. Dann legte sie die Sehhilfe beiseite. Ihre Hände tasteten nach der Feder, Papier war da, das Tintenfass bereit.

»Komm, mein Vögelchen«, flüsterte sie. »Komm nur und zeig dich in all deiner Schönheit. Oh dank dir, mein Gott, dass ich das sehen darf.« Die nächste Stunde dachte Maria Merian an nichts Düsteres oder Verwirrendes mehr. Sie war vollkommen glücklich.

Niemand fragte sie, wo sie hinwollte, als sie am Abend noch einmal nach ihrem Umschlagtuch griff. Man war es im Haus gewohnt, dass sie in Geschäften unterwegs war. Maria unterdrückte den brennenden Wunsch, eine Rechtfertigung vorzubringen. Es wäre ja doch nur eine Lüge gewesen, und im Moment traute sie nicht einmal ihrer Stimme. Am unauffälligsten war es sicher, gar nichts zu sagen. Dabei wünschte sie, sie hätte sich irgendjemandem, egal wem, mitteilen können. Hätte einmal mit ihrer eigenen Stimme sagen hören, was sie vorhatte und was sie gerade tat. Dann hätte sie es vielleicht selber verstanden. Alles, was sie wusste, war, dass sie es wollte. Sie wollte in dieses Haus, zu diesem Mann, mit einer so brennenden, leidenschaftlichen Gier, wie sie sie zuletzt als kleines Mädchen empfunden hatte, als sie vor dem Garten des Grafen stand, um eine Tulpe zu rauben, die sie darin gesehen hatte und unbedingt haben wollte, nein, haben musste. Auch jetzt war es ein Müssen, eine Mission, der sie unbedingt nachgeben wollte.

»Maria?«

Das war Andreas' Stimme. Aus allen Träumen gerissen blieb Maria stehen.

»Maria, komm doch mal her«, kam es aus der Küche.

Mit zitternden, unsicheren Beinen, als wäre sie gerade von einem schweren Sturz aufgestanden, ging sie hinein.

Andreas erhob sich nicht, als sie eintrat. Dafür tänzelte ein junges Mädchen, das sich mit beiden Händen an seinem Bündel festhielt, umso nervöser herum. Auch die Kleine schien vor Kurzem noch gesessen zu haben, Andreas' Haltung nach auf seinem Oberschenkel. Und im Gegensatz zu ihm, der sich nur gemütlich die Hose zurechtzog, schien es ihr ein wenig peinlich zu sein. Sie lächelte, so strahlend sie konnte.

»Maria«, begann Andreas gut gelaunt, »das ist die neue Magd. Du brauchst doch Hilfe hier im Haus. Und da der Rat mir den Stadtprospekt abkauft ...«

Maria Sibylla hörte nicht, was er schwadronierte. Sie sah nur die dicken, weizenblonden Flechten, die großen, ein wenig hervorstehenden Blauaugen mit dem naiven Blick, die dralle Figur. Und einen Moment lang sah sie Moretti und sich selbst, was ihre Wut nicht kleiner machte. Da brach sich ein unglaublicher Zorn in ihr Bahn, wie sie ihn noch nie empfunden hatte.

»Raus!«, schrie sie, packte das Mädchen hart am Arm und schob sie Richtung Tür. »Raus aus meinem Haus.« Ihre Stimme war hoch und dünn, in ihre Augen schossen Tränen. Aber ihr Griff war unbarmherzig. Maria ignorierte das Sträuben des Mädchens ebenso wie ihren Mann, der aufgesprungen war und ihr ein paar Schritte hinterdreinlief. Andreas rief irgendetwas, aber sie achtete nicht darauf. Es war eine Sache von Augenblicken. Dann fiel die Tür hinter der jungen Frau ins Schloss.

Andreas Graff war verstummt. Unsicher schaute er seine Frau an, halb schmollend, die Unterlippe vorgeschoben, halb mit einem spitzbübischen Lächeln, das schon auf der Lauer lag.

Maria starrte ihn an, als kenne sie ihn nicht. Nach einem langen Schweigen sagte sie nur: »Treib's nicht zu weit, Andreas.«

Das Lächeln verschwand aus seinem Gesicht. Wortlos ging er an ihr vorbei. Die Tür krachte ein weiteres Mal. So ist's recht, dachte Maria, geh und sauf dir einen an. Ich wünschte, ich hätte auch einen Krug da.

12

Maria lief nicht, nein, sie rannte, sie versuchte mit den Füßen ihre Gedanken zu überholen, ehe sie ihr in die Quere kämen: Sie konnte das nicht tun, was sie vorhatte, sie durfte nicht, sie sollte nicht, schon gar nicht nach den jüngsten Ereignissen. Es war nicht gut, so in Wut und Trotz. Ach, wenn es doch nur Trotz gewesen wäre. Aber was sie noch trieb, das wagte sie nicht einmal vor sich selbst auszusprechen. Wer sie heute Abend sah, der fand die Gräffin geschäftiger und eiliger denn je.

Als sie vor der imponierenden Fassade des Fembohauses stand, war sie völlig außer Atem. Es war schon dunkel, dennoch erkannte sie beinahe sofort die Umrisse Carlos, der außen neben der schweren hölzernen Eingangstür an der Mauer lehnte. Das war er, der Mann, der ihre Gedanken anzog wie ein Magnet.

»Einen guten Abend«, sagte sie und kam sich töricht vor. Noch törichter, als sie bemerkte, dass sie so dicht vor ihn getreten war, dass sie seinen Atem auf ihrem Gesicht fühlen konnte. Er roch gut, dieser Mann, nicht nach Wein, nicht dumpf, sondern zart und beinahe wie eine Blume. Unwillkürlich sog sie die Luft ein.

Er lachte leise, machte aber keine Anstalten, den Moment auszunutzen. »Komm«, sagte er einfach.

Maria besann sich, als er ihre Hand nehmen wollte, und folgte ihm ohne Hilfe die schwere Treppe hinauf, die ganz mit Laken verhüllt war. Dadurch hing trotz der einbrechenden Nacht eine dämmrige, unwirkliche Helle in dem Haus, in dem außer ihren Schritten nichts zu hören war. Erst als sie im Saal im zweiten Stock angekommen waren, zündete Carlo eine Lampe an.

»Werden die Leute das nicht bemerken?«, fragte Maria unwillkürlich.

Er lächelte wieder. »Bin oft hier spät. Denken, entwerfen. Ist nicht verboten.«

»Nein«, gab Maria zu. »Natürlich.« Sie taten nichts Verbotenes. Er zeigte ihr seine Arbeit, das war alles. Und wirklich hob er die Laterne und ließ ihr Licht auf die Decke und das umlaufende Gesims über der Holzvertäfelung fallen.

Ihr stockte der Atem, als sie den Gips sah, mächtig geballt wie ein Wolkenhimmel, zartgelb gefärbt und bewegt durch die lebendige Flamme, die tiefe Schatten schuf, was alles noch plastischer erscheinen ließ. Es war, als rankten und wogten die üppigen Blumenketten aus eigener Kraft um den Raum und umschlängen sie beide. Es war wie ein lebendiger Dschungel.

»Als würden sie wachsen«, hauchte Maria und blickte in die Augen einer Nymphe – oder war es ein Engel? – deren nackte Brust sich aus dem Gewirr der Blüten und Ranken erhob.

Carlo nickte geschmeichelt. »So soll sein«, gab er zu. »Hier.« Er leuchtete in die Ecken.

Maria folgte ihm ein paar Schritte, sie musste aufpassen, dass sie nicht über die herumstehenden Eimer und Gerätschaften stolperte. Überall lagerten Säcke, halb volle, volle, leere, zerknüllte Haufen, Stapel von Brettern, Nester aus Seilen, dazwischen standen Zinkwannen. Carlo bewegte sich hier wie einer, der kein Licht braucht. »Die Jahreszeiten«, sagte er leise und ließ die Figuren aus dem Schatten gleiten.

»Wunderschön«, entfuhr es Maria.

Er sagte nichts mehr, als er ihr das Deckenmedaillon zeigte, eine nackte, wie in Milch gebadete Frauengestalt mit dem Amor.

»Die Liebe«, flüsterte Maria. Nie war ihr ein Weib schöner vorgekommen.

»Ja.« Carlos Stimme war rau geworden.

»*Que bella.*«

Er lachte leise, als er die Bestätigung vernahm, dass sie seine italienischen Komplimente wohl gehört und verstanden und vor allem in ihrer Erinnerung bewahrt hatte. »*Si*«, bestätigte er. »*La piu bella del mondo.*« Und er drehte sie zu sich und küsste sie.

Maria wurde schwindelig. Sie nahm nicht mehr wahr, wo sie war, was geschah. Sie fühlte ihre Beine nicht mehr – hätte er sie nicht gehalten, wäre sie gefallen oder geschwebt. Sicher war sie schon oft geküsst worden, von ihrem Vater und den Brüdern. Von Andreas auch: zarte Küsschen in der Verlobungszeit und dann in den Nächten, dieses gierige, ziellose Geschlabber, wie sie es bei sich nannte. Aber niemals so wie jetzt, nie mit diesem Glühen und Verbrennen. Es war beängstigend, sie meinte, keine Luft mehr zu bekommen, aber wie durch ein Wunder atmete sie weiter, schwebte, löste sich auf und blieb doch am Leben in diesem wundersamen Zustand. Sie bemerkte ganz am Rande, dass sie zu Boden sanken, dass da Säcke waren und weißer Staub, der verräterisch sein könnte. Aber dieser Gedanke blieb vage, es kümmerte sie nichts. Sie half den Händen, die in ihren Ausschnitt glitten, den Weg unter ihre Röcke suchten. Sie gab Laute von sich, für die sie sich geschämt hätte, hätte sie darüber nachgedacht. Aber was war Denken?

Maria Sibylla vernahm die Schritte, die plötzlich auf der Treppe hörbar wurden, aber ohne wirklich begreifen zu wollen, was sie bedeuteten. Und sie hätte sie ignoriert, wäre Carlo nicht geistesgegenwärtig gewesen. Mit einem Mal verließ sie sein angenehmes Gewicht, die Wärme, alle Zärtlichkeit. Sie fühlte Nachtluft auf ihrer Haut, begriff, dass sie halb nackt war, und kroch mit einem Maunzen in sich zusammen.

»Still, *cara*«, flüsterte er. Und ehe sie sich's versah, hatte er einen der Säcke gepackt und über sie gezogen.

»Seid Ihr der Stuckateur?«

Maria erkannte die Stimme des Rates Nützel. Angst kroch in ihr hoch. Und Scham. Mit einem Schlag wurde sie sich ihrer Lage bewusst. Sie zupfte an ihren Kleidern, wischte sich über den Mund, schmeckte zum ersten Mal den fremden Schweiß, fremden Speichel auf ihrer Haut. Oh Gott, was hatte sie getan?

Eine große Hand legte sich durch den Rupfenstoff schwer auf sie. Sie erstarrte. Ein letzter Druck, das war Morettis Ermahnung, sie beide zu retten und still zu sein. Für Ehebruch käme sie ins Loch und dann ins Eisen. Mit Pech würde man sie brandmarken fürs Leben. Doch seine Hand, die letzte Wärme durch den kalten Rupfen, sagte: keine Angst.

Tränen schossen Maria in die Augen, als sie ihn antworten hörte: »*Si signore.*« Er wusste, was kommen würde, sie wussten es beide.

»Carlo Moretti«, sagte Nützel, der Rat und Lochschöffe mit seiner staubigen Stimme, die nichts gemein hatte mit den geflüsterten Schwüren von eben. »Hört, dass schwere Vorwürfe von der Hebamme Gebhard gegen Euch erhoben werden.«

Maria wagte es nicht einmal, einen Zipfel des Sackes, unter dem sie verborgen lag, zu heben, um einen Blick auf Carlo zu werfen. Nein, dachte sie nur, nein, nein. Ich sollte aufstehen und sagen, dass nichts an den Verleumdungen dran ist, dass nichts davon wahr sein kann. Aber sie hielt still, voller Angst.

»Seid Ihr bereit, mitzugehen und Euch zu diesen Anschuldigungen zu äußern?«, fragte der Rat.

Nein!, schrie es in Maria. Er ist nicht ehrlos. Und ein Mörder schon gar nicht.

Der Stuckateur blieb stumm. Aber Maria wusste, dass er nickte. Er tat es für sie.

»Hiermit verhafte ich Euch wegen des Verdachts des Mordes an der Magd Beata Gebhard, auf dass Ihr ins Loch geführt und dort befragt werdet. – Was ist?«, fragte er barsch, als Moretti zögerte.

»Ist schwer sich trennen von so eine Ort.« Er nickte hinauf zu der Liebesgöttin.

Nützel schnaufte und hielt sich ein Taschentuch vor den Mund, während er sich auf der Baustelle umsah. »Mörtel und Staub. Das kann ein anderer vollenden.«

Als sie fort waren, warf Maria den Sack ab und atmete wie eine Ertrinkende. Mörtel, dachte sie, und Staub, so viel Staub, dass ich ersticke. Sie ging ans Fenster, um frische Luft zu bekommen, und sah, wie Moretti weggeführt wurde. Der Weg in die Lochgefängnisse war ja wahrhaftig nicht weit. Mörtel und Staub, echote es in ihrem Geist. Dort drüben würde es Finsternis geben, Schimmel und Stroh.

Sie begann mechanisch ihre Kleider abzuklopfen. Der verräterische Staub musste heraus. Hätte sie doch nur die Unruhe ebenfalls ausklopfen können. Sie kam sich lächerlich vor, entehrt und beschmutzt. Ein Hohn, dass die stille Göttin über ihr noch immer genauso milchweiß und makellos in der Dämmerung schimmerte.

13

Als sie endlich im dunklen Flur ihres Heims stand und das beruhigende Widerleuchten des Herdfeuers von den Kacheln der Küchenwand sah, atmete sie auf. Aus der Werkstatt drangen die üblichen Geräusche, aus der Vorratskammer roch es feucht nach Äpfeln und altem Stein. Hier konnte ihr nichts Schlimmes geschehen. Vielleicht hätte sie niemals hier weggehen dürfen. Es war doch ihr Zuhause, der Ort, an den sie hingehörte, wo sie gebraucht wurde, ihre Aufgaben hatte, die sie so ausfüllten, dass sie bisher nach nichts anderem verlangt hatte.

Was hatte sie nur getan?

Wie zur Antwort hörte sie ihre Tochter nach ihr rufen. Lenchen hatte wohl die Haustür klappen hören. Wie jeden Abend hockte sie im Bett und wartete auf ihr Ritual.

Maria reagierte nicht. Sie blieb, wo sie war, und schlug ihren Hinterkopf gegen die Wand. Mein Gott, wie weit war es mit ihnen gekommen. Mit ihm, aber auch mit ihr. Vergessen, alles vergessen, das wäre vermutlich das Beste. Beten und arbeiten und malen und sticken und wieder beten. Zum ersten Mal erschien der weibliche Lebensentwurf ihr von ferne attraktiv. Vergessen Carlos Hände, vergessen vor allem die eigene Leidenschaft, vergessen die Misere, in der sie steckte.

Die Rufe von oben wurden drängender.

»Ja, Lenchen, ich komm ja schon.« Sie nahm eine Lampe, zündete sie am Küchenfeuer an und ging schweren Schrittes die Stufen hinauf. Als sie an ihrem

Arbeitszimmer vorbeikam, zögerte sie. Da lag es, ihr Refugium. Da waren ihre Kinderchen, ihre Sommer- und Nachtvögel, die sie hegte und erforschte, deren Werden und Wachsen ihr ein Zeichen für die Sinnhaftigkeit der Welt war. Wenn es das gab – Schönheit und Leben –, dann gab es einen Gott.

Mit aufkeimender Hoffnung trat Maria ein und suchte nach dem Neuankömmling, dem sie vor so kurzer Zeit – oder war es in einem anderen Leben gewesen? – zugesehen hatte. Der zur selben Zeit geschlüpft war wie ihre Liebe zu Carlo. Sie wusste, es war unsinnig, so zu denken, kitschig und falsch. Aber sie sehnte sich plötzlich danach, das Tier zu sehen, als wäre es eine lebendige Bestätigung ihrer Gefühle.

Sie fand ihn in einer Ecke seiner Schachtel liegend, die Flügel sorgsam gefaltet, die Beine angezogen. Er war tot.

»Mama, kommst du jetzt?«

»Ja, ich ...« Mehr brachte Maria nicht heraus. Sie nahm den Falter so vorsichtig auf, dass auch im Tod der feine Staub auf seinen Flügeln nicht zerstört wurde, und legte ihn unter einen Glassturz. Wie immer würde sie ihn präparieren müssen, aufspießen, einrahmen. Noch ein paar Kronen mit ihm als Präparat verdienen. Sie würde vernünftig sein müssen. Weitermachen. Wie sie es stets hielt. Aber ihre Bewegungen waren mechanisch, und sie wusste kaum, was sie tat.

»Maaaama!«

Als Maria dem Ruf endlich gehorchte, bekam sie kaum mit, wie ihre Füße sie in die Schlafkammer trugen.

»Mama?«, fragte die Kleine, die aufrecht im Bett saß, die Zöpfe straff geflochten, die Beine untergeschlagen und in den Augen keine Spur von Müdigkeit, während die Magd auf dem Schemel am Ofen schon beinahe eingenickt war. »Mama, bist du ein böses Mädchen?«

Maria Sibylla erschrak. Vergebens sagte sie sich, dass niemand auf der Welt wissen konnte, was sie getan hatte. Hilflos schaute sie sich um, als wäre in den Ecken des Raumes eine Antwort verborgen. Dann sah sie einen Brief unter der Lampe liegen und seufzte vor Erleichterung.

»Hat die Großmama wieder geschrieben?«, fragte sie und ließ sich auf der Bettkante nieder, um nach dem eng bekritzelten Bogen zu greifen.

»Ja, an mich«, verkündete Lenchen stolz.

Das Schreiben bot wenig Neues. Marias Mutter, die noch in Frankfurt lebte und nach wie vor so ziemlich alles missbilligte, was ihre Tochter tat, mit Ausnahme vielleicht der Hausarbeit, mischte sich regelmäßig in langen Briefen in Lenchens Erziehung ein. Sie vertrat traditionelle Ansichten, die da besagten, dass Schläge einem Kind nicht nur nicht schadeten, sondern sogar nötig waren, weil sie seinen Stolz brachen, ihm Gehorsam und Schmiegsamkeit beibrachten, damit es seinen Platz im Leben fand, sein rohes Temperament zähmten. *Deiner Mutter hätte man damals auch besser den Hintern verdroschen*, stand da etwa. *Bei der Sache mit den Tulpen war Vater viel zu nachsichtig. Und was haben wir jetzt davon?*

Eine Malerin, eine Kupferstecherin, eine Forscherin, hätte Maria bis vor Kurzem geantwortet. Jetzt aber flüsterte es in ihrem Kopf: eine Ehebrecherin. »Ja«, gab sie zu und errötete, »ich war mal ein böses Mädchen. Ich habe gestohlen.«

Lenchen riss die Augen auf. Also erzählte Maria die Geschichte, wie sie damals im Garten eines Adligen diese teure, seltene Tulpe abgerupft hatte, damit sie die Blume in ihrem Dachstübchen heimlich als Vorlage benutzen konnte. Sie wollte doch wahrheitsgetreu nach der Natur stechen. Noch einmal glühte in ihr wie damals das Empfinden auf, im Recht zu sein, nur das Beste zu wollen. Ganz anders als bei ihrer heutigen Verfehlung. Und doch, wie gerne würde sie sich auch dazu mit derselben Inbrunst bekennen. Aber das ging nicht, nicht vor Lenchen, nicht vor ihrer Mutter, vor niemandem auf der Welt. Niemand würde Verständnis dafür aufbringen. Durfte sie es dann selbst?

»Und was ist passiert?«, fragte Lenchen mit angehaltenem Atem. Sie hatte vor einigen Wochen einmal einen Straßenjungen am Pranger stehen sehen, der gestohlen hatte. Er war nur wenig älter gewesen als sie selbst, und das hatte sie sehr beschäftigt.

»Der Besitzer kam natürlich und beschuldigte mich«, erklärte Maria. »Ich hatte es wohl nicht sehr klug angestellt. Als er erfuhr, wozu ich die Blume gebraucht hatte, ließ er sich meine Bilder zeigen und meinte endlich, wenn ich sie ihm als Entschädigung überließe, würde er von einer Anzeige Abstand nehmen.«

»Da hast du aber Glück gehabt.« Lenchen sah erleichtert aus.

Maria nickte. Sie dachte an den Klumpen in ihrem Bauch damals und wie er sich in Stolz und Glück gewandelt hatte. Und sie erinnerte sich wieder an die Stimme ihres Vaters, der voll Anerkennung gemeint hatte, aus ihr könne etwas werden und sie dürfe von jetzt an in der Werkstatt arbeiten. So hatte sie den Grundstein für ihre

Karriere gelegt; alles war gut geworden. Die Mutter allerdings hatte darin den Anfang von allem Übel gesehen.

Im Licht der letzten Ereignisse fragte Maria sich jetzt, ob ihre Mutter nicht doch vielleicht recht hatte, ob da etwas in ihr steckte, das damals hervorgebrochen war und jetzt mit Moretti aufs Neue, etwas, das sie bekämpfen musste. Denn diesmal würde niemand ihr Tun gutheißen und ihr zum Lohn einen Platz in einer neuen Welt anweisen.

»Heißt das, manchmal darf man doch schlimme Sachen machen?«

»Gott bewahre«, fuhr Anna aus ihrem Schlummer auf und räusperte sich, wie alte Frauen es tun. »Man darf niemals vom rechten Wege abweichen, nicht den winzigsten Schritt. Jawohl.« Und sie küsste das Kreuz, das um ihren Hals hing.

Maria fühlte Trotz in sich aufsteigen. »Ja, nein, das heißt, manchmal kann man etwas aus der Welt schaffen, wenn man zu dem steht, was man gesagt und getan hat. Wenn man es erklärt und ...«

»... bekennt und bereut«, ergänzte Anna energisch, die hier im Haus die Sache der Mutter Merian vertrat. »Nur wenn man beichtet und bereut und so Gott und den Mitmenschen erlaubt, einem zu verzeihen. So ist es doch, Frau Gräffin.«

Während sie noch sprach, quietschte die Tür in den Angeln. Maria brauchte sich nicht umzudrehen. An Lenchens entzücktem Gesicht erkannte sie, dass Andreas hinter ihr stand und vermutlich Grimassen schnitt. Sie fühlte sich in der Falle sitzen.

Die Kleine kicherte. »Papa!«, platzte sie dann endlich heraus und streckte die Arme nach ihm aus. Herzhaft umarmte er das Kind.

Maria dachte, dass sie der Anblick mehr erfreuen müsste.

Nachdem sie miteinander ausreichend herumgealbert hatten, fragte Lenchen: »Und? Macht Papa das genauso, wenn er was angestellt hat?«

Andreas, der von ihrem Gespräch offenbar mehr mitbekommen hatte, als Maria Sibylla gedacht hatte, lächelte pfiffig. »Ja, ganz genauso macht der Papa das«, sagte er und zog ein Samtsäckchen aus seiner Tasche, das er Maria Sibylla überreichte. »Er entschuldigt sich und bereut, und dann ist alles wieder gut.« Damit küsste er Maria Sibylla, die ein wenig lustlos an dem Säckchen herumnestelte, schallend auf den Nacken. Lenchen musste lachen.

»Andreas«, flüsterte Maria erschrocken, als der Inhalt schließlich auf ihrer Hand lag. Es war ein Figürchen aus Gold, das sich an einer Kette befestigen ließ, ein Putto mit Pfeil und Bogen in der Hand. »Das ist ...« der blanke Hohn, dachte Maria, und musterte entsetzt den kleinen Amor, der sie mit seinem fein ziselierten Lächeln zu verspotten schien.

»... für dich«, vollendete Andreas und küsste sie erneut. »Und schon«, fügte er an Lenchen gewandt hinzu, »ist alles gut. Vergeben und vergessen. Die ganze Sache.«

»Schön.« Lenchen verlangte nach dem Figürlein und wendete es ganz verzückt in den Fingern.

Maria verspürte nicht die geringste Lust, mit einer Gegenbeichte zu antworten.

Als sie draußen im Flur standen und die Tür zur Kinderkammer sacht hinter sich zuzogen, war sie drauf und dran, Andreas die Meinung zu sagen. Zu ihrem Erstaunen allerdings sank er vor ihr auf die Knie, bedeckte erst ihre Hand, dann, als sie sich nicht wehrte, auch ihren Schoß mit Küssen. »Nicht wahr«, murmelte er nach einer Weile mit heißem Gesicht, das er wie ein Kind an ihre Schenkel presste, »jetzt ist doch alles wieder gut.«

»Andreas, das viele Geld«, brachte Maria Sibylla heraus.

»Der Rat hat doch den Prospekt gekauft. Und was hätt ich Teureres als dich?«

Maria dachte an die Magd, die sie neu anstellen mussten, an die Schulden beim Wirt, auch beim Holzhändler, an das schadhafte Dach und an so einiges andere mehr, das zu bezahlen vernünftiger gewesen wäre. Ihr schien, die kleine Einnahme aus dem Stadtprospekt wäre schon sieben Mal verplant. Und dann: ein Schmuckstück, ein Amor als Pfand gegen Untreue! Ihr war das Kleinod jetzt schon zuwider.

Aber sie sagte nichts. Stattdessen fuhr sie ihm abwesend mit der Hand durch das Haar. Es war eine Geste aus früheren Zeiten, die einmal einem Gefühl entsprungen, jetzt aber nur noch eine schwer abzuschüttelnde Gewohnheit war.

Er allerdings schöpfte Hoffnung und begann, den Stoff ihres Kleides überall dort, wo er hingelangen konnte, mit Küssen zu bedecken, deren Hitze bis auf ihre Haut gelangte.

»Andreas ...« Es drängte sie, ihm zu erzählen, was in ihr arbeitete, immer noch, auch wenn sie ihn nicht mehr für einen Mörder hielt. Von der abgerissenen Spitze wollte sie mit ihm reden, von ihrem Verdacht und von allem, was sie schon lange wusste über ihn und all die großäugigen, blonden Mädchen. Danach vielleicht würden sie von Gefühlen reden können, und vielleicht sogar von Carlo. Sie hatten beide eine Grenze überschritten, aber am Ende gab es noch Hoffnung, wenn sie ehrlich waren, wenn sie einander alles gestanden, was sie dachten und fühlten, wenn sie einander neu kennenlernten. Sie dachte an die kerzenscheinerfüllte Kammer mit dem Kind. Für einen Moment erschien ihr vieles möglich.

»Und was war, das ist vergeben und vergessen. Nicht, Mariechen?«

»Andreas, ich ...«

»Schsch«, sagte er und stand auf, um sie noch einmal in den Arm zu nehmen. Er hielt ihren Nacken, wie sie es gerne mochte, seine Hand wühlte in ihrem Haar. »Schsch, kein Wort mehr. Zwischen zwei wie uns«, fuhr er fort, »sind keine Worte nötig.«

Maria dachte an die Jungfern, denen sie versprochen hatte, dass sie miteinander den letzten Lebenstag der Beata rekonstruieren würden. Andreas war ein Teil dieses Tages gewesen. Früher oder später hatte er das Mädchen gesehen. Wenn Maria ihm jetzt zustimmte, könnte sie ihn niemals mehr danach fragen. Sie verriete ihre Freundinnen, verriete Carlo,verriete den Menschen, der sie war.

»Wir haben doch ein gutes Leben«, murmelte er an ihrem Hals.

Sie öffnete den Mund, um *Ja* zu sagen. Aber das Wort blieb ihr im Halse stecken.

14

Am nächsten Tag, im Kreis ihrer Jungfern, war Maria so in Gedanken versunken, dass es eine Weile dauerte, bis sie bemerkte, was für eine ungewöhnliche Stille in der Runde herrschte. Sie hob den Kopf und begegnete lauter erwartungsvollen Augenpaaren. »Was ist?«, fragte sie gereizt.

Nervöses Kichern antwortete ihr. Dorothea warf die schwarzen Haare wieder und wieder zurück, und selbst Clara, die strenge, blasse Clara, rutschte unruhig auf ihrem Stuhl herum.

Ich habe vergessen, ihr für das Geld zu danken, fiel es Maria ein. Spät am Abend war noch die Magd der Imhoffs gekommen mit einer neuen Bestellung für Firnis, mit Geld und einem freundlichen Brief ihrer Herrin. Maria hatte ihn noch nicht beantwortet. Zu viel war ihr durch den Kopf gegangen in jener Nacht, die sie bis zum Morgengrauen in der Küche verbracht hatte. – Und was hatte Clara gestern von ihr wissen wollen? Etwas über Malgründe?

»Geht es um das Pergament?«, fragte sie, ein wenig steif, denn die seltsame Heiterkeit machte sie unsicher. »Es heißt *carta non nata*, weil es aus der Haut ungeborener Lämmer gewonnen wird. Man sagt auch Jungfernpergament. Ihr erhaltet es beim Gerber, aber ich bin natürlich gerne bereit, es für dich zu besorgen, Clara. – Was habt ihr denn alle?«, unterbrach sie sich selbst.

»Ist das dein Ernst?«, platzte Dorothea heraus. »Die ganze Stadt spricht von nichts anderem. Nur du sitzt hier wie blind und taub und schweigst.«

»Dabei sagst du doch immer, man muss alles mit wachem Auge beobachten und sich seine Gedanken dazu machen«, warf Barbara ein.

»Das war doch keine Anleitung für Gassenklatsch«, verwahrte Maria Sibylla sich. »Mit der Begründung könnten sich auch die tratschenden Mägde am Brunnen rechtfertigen, wenn sie die Töpfe scheuern.«

»Wir tratschen nicht.« Susanna strich geziert ihre lichtbraunen Zöpfe zurück. »Egal«, fuhr sie eifrig fort, »hab ich euch schon erzählt, dass bei Paps gestern ein wirklich süßer Magister vorstellig geworden ist, der auch Gedichte macht? Man sagt ...«

»Susanna!«, ermahnte Clara sie. »Thema!«

Barbara ergriff das Wort. »Vater sagt, Dr. Peller ist ein unfähiger Mann, und er kann mit seinem Gutachten genauso gut den Tisch wischen.«

»So würde ich das nicht gerade formulieren«, versuchte Maria das harsche Urteil abzumildern.

»Er sagt auch, alle Doktoren und Magister sind Taugenichtse, die man am besten in der Pegnitz ersäuft, ihre Titel um den Hals gehängt.« Vielsagend schaute sie zu Susanna hinüber.

Dorothea hielt sich die Hand vor den Mund, um nicht herauszuprusten.

»Das hat er bestimmt nicht so gemeint«, wiegelte Clara ab. Dann aber wandte sie sich an Maria. »Du warst doch dabei. Was hat es nun damit auf sich? Ist sie denn ermordet worden?«

»Papa sagt nämlich, dem Itaker glaubt er auch kein Wort«, warf Barbara noch ein. »Aber dem Rat will er das lieber nicht sagen. Das ist privat.«

»Natürlich wurde sie ermordet.« Dorothea schaute

sich auffordernd in der Runde um. »Wir haben sie doch alle gesehen. Oder, Magdalena?«

»Auf uns hört doch sowieso niemand«, erwiderte die Angesprochene und löste damit einen Sturm der Entrüstung aus.

Maria wunderte sich, dass die sonst so kecke Magdalena so kleinmütig klang. Als Einzige war sie über ihr Sticktuch gebeugt und arbeitete fast verbissen, während die anderen es nicht einmal für nötig gehalten hatten, einen Faden einzufädeln, um Geschäftigkeit vorzutäuschen. Vor sich hatte Magdalena ein halb zerfleddertes Stück Papier mit einem Aquarellbild ausgebreitet, eine offenbar schon viel gebrauchte Vorlage für ein Gebinde aus Narzissen, das sie mit der Nadel auf Stoff zu kopieren suchte.

»Mal die Blüten nicht zu groß«, wies Maria sie an, die ihr eine Weile bei der Arbeit zusah. »Es ist nicht nötig, von der Wahrheit abzuweichen, um sie schöner zu machen. Es genügt, wenn du die Stängel ein wenig anders neigst, schau, so.« Sie skizzierte es mit ein paar Kreidestrichen auf dem Stoff. »Schon sieht alles hübscher aus, ohne dass man lügen müsste.« Sie lächelte Magdalena aufmunternd an.

Aber deren Gesicht blieb düster, sie schaute kaum auf, tat den nächsten Stich, verletzte sich am Finger und schrie unwillig auf.

»Soll es das jetzt gewesen sein: Jungfernhaut und Narzissen?«, fragte Dorothea. »Im Ernst? Dabei dachte ich, der Stuckateur ginge dich doch ein wenig was an.«

»Wie?«, fuhr Maria Sibylla auf und konnte nicht verhindern, dass ihr die Hitze in die Wangen stieg. »Was sollte mich der Italiener angehen? Ich meine«, wandte sie sich rasch an Barbara, »was meint dein Vater damit, wenn er sagt, er glaubt dem Itaker kein Wort?«

Das Mädchen fühlte sich geschmeichelt ob der Aufmerksamkeit. Sie stand nicht oft im Mittelpunkt des Kreises. »Moretti, also der Italiener, sagt, dass er die Beata nicht näher gekannt hat und dass er's nicht war.«

»Natürlich nicht«, entfuhr es Maria. Als sie die Blicke der Mädchen bemerkte, fügte sie hinzu: »Das sieht jeder objektive Beobachter. Eine einfache Frage der Menschenkenntnis.« Sie verzichtete darauf festzustellen, von wem das einsetzende Kichern kam.

»Die Hebamme besteht aber drauf«, fuhr Barbara mit roten Wangen fort. »Papa will ihn deshalb noch einmal hochnotpeinlich befragen lassen.«

»Er kommt unter die Folter?« Maria Sibylla konnte nur flüstern.

Für einen Moment sah sie die Lochgefängnisse vor sich, diese Löcher ohne Tageslicht und Wärme. Der Ort war berüchtigt in weitem Umkreis als eines der schlimmsten Gefängnisse überhaupt. Wenn der »Lochwirt«, wie der Vorsteher genannt wurde, seine »Gäste« wieder entließ, waren sie oft so krank, dass sie nie mehr auf die Beine kamen. Sie konnten sich, nachdem ihre Unschuld erwiesen war, ihres Lebens manchmal nur ebenso kurz erfreuen, als wären sie verurteilt worden. Wer dorthin kam, egal, wie es ausging, der war gezeichnet.

Maria Sibylla sah Carlos Gesicht vor sich, so voller Kraft und Lebendigkeit. Im Geist sah sie die Narben, die sie zwar bemerkt, nach deren Ursprung sie aber nicht gefragt hatte. Sie hielt ihn für einen Mann, der schon viel erlebt haben musste und der seine Kämpfe auszufechten verstand. Aber im Loch war der Gegner übermächtig:

Dunkelheit, Kälte, Schmutz, Hunger und Angst nagten da an den Insassen wie die Ratten, die dort zu Hause waren. Und dann kam die Folter.

Barbara nickte ernst. »Er wird ihn heute noch in der Kapelle vernehmen.« Sie schlug das Kreuzzeichen. »Kapelle«, so nannten sie in der Stadt seiner Form wegen den Raum, in dem der Henker aktiv wurde. Es war ein Gottesdienst besonderer Art.

»Aber, aber ...«, stotterte Maria, »wenn er die Wahrheit gesagt hat?«

»Ich glaube, das nimmt Papa sogar an. Aber er will auf Nummer sicher gehen. Erst eine Aussage unter der Folter hat die nötige Beweiskraft.«

»Ist das so?«, murmelte Maria Sibylla, die aus dem Fenster sah und ihren Atem unter Kontrolle zu bringen suchte.

»Gewiss, meinst du nicht?«, fragte Clara.

Zum Erstaunen aller schüttelte Magdalena den Kopf und gab zur Antwort: »Wenn Mama mir früher gedroht hat, mich mit der Haarbürste zu verdreschen, hab ich immer das gesagt, was sie hören wollte.«

»Sie hat dich mit der Haarbürste geschlagen?«, fragte Barbara nach, die selbst in solchen Fällen nur die blanke Hand kannte.

»Das ist doch nicht der Punkt, Barbe«, rüffelte Dorothea sie. An Magdalena gewandt fragte sie: »Woher wusstest du denn, was sie hören will?«

»Das weiß man doch«, gab Magdalena zurück. »Das weiß man immer. Oder? Und die Wahrheit war es in den seltensten Fällen.«

Die Mädchen dachten nach. »Ja, aber was wird dann aus der Wahrheit?«, fragte Clara schließlich. Wieder schauten alle die Frau an, die sie gelehrt hatte, sich für die Welt, so wie sie war, zu interessieren.

Maria Sibylla holte tief Atem. »Gut, kümmern wir uns gemeinsam darum«, sagte sie.

15

Susanna erklärte sich bereit, mit ihrem Vater, dem Leiter einer Künstlerakademie, über den italienischen Stuckmeister Moretti zu sprechen. Sie wollte versuchen, etwas über seinen Charakter und Lebenswandel in Erfahrung zu bringen.

Dorothea, die Handfesteste unter den Mädchen, bot an, sich noch einmal die Hebamme vorzunehmen. Vielleicht würde es ihr gelingen, im Gespräch mit ihr ein genaueres Bild von Beatas letzten Stunden zu bekommen.

»Es genügt nicht zu beweisen, dass der Italiener nicht der Mörder war«, erklärte Maria ihren Mädels. Wir müssen herausfinden, wer Beata getötet hat, wenn wir wirklich etwas erreichen wollen.« Und das wollten sie alle, sie waren Feuer und Flamme: endlich einmal eine Aufgabe, die über das Arrangieren von Blüten und das Planen von Sonntagsmahlzeiten hinausging.

Selbst die besonnene Clara versprach, über ihren Vater in Erfahrung zu bringen, was der Rat in der Mordsache zu unternehmen plante. Maria Sibylla dankte ihr sehr dafür. »Bist immer so gut zu mir«, meinte sie. »Auch für die Sache mit Dr. Volkamer habe ich dir noch gar nicht gedankt. Das hast doch bestimmt du arrangiert, dass er mich in seine Gärten einlädt.« Clara zog kurz die Stirn in Falten. »Ach, hat er sich schon entschieden?«, fragte sie.

»Vergiss nicht«, fiel Dorothea ein, »herauszufinden, welchen Magister sie mit der Abfassung der Urteilsempfehlung beauftragt haben.« Clara versprach es.

Sogar die Wangen von Bärbel brannten. Die Aussicht, ihrem Vater hinterherzuspionieren, ließ sie ihre übliche

Schüchternheit verlieren. »Normalerweise macht er das mit mir. Endlich drehe ich den Spieß mal um.« Dorothea nahm sie in den Arm.

Die Einzige, die seltsam lustlos bei der Sache wirkte, war Magdalena. Als ihr Name bei der Aufgabenverteilung fiel, zuckte sie zusammen, erstarrte und hatte nichts zur allgemeinen Debatte beizutragen. Erst als Maria Sibylla ihr vorschlug, sie solle nirgendwo hingehen, keine Fremden treffen, sich aber im eigenen Haus umtun und mehr darüber zu erfahren, warum Beata entlassen worden war, stimmte sie zu. Fast erleichtert meinte sie endlich: »Das geht, das kann ich. Ich kümmere mich um alles, keine Sorge.«

»Es wäre hilfreich zu wissen, wer ihr nächster Arbeitgeber gewesen ist. Meinst du, das kannst du rauskriegen?«, fragte Maria Sibylla.

»Wenn Mama es weiß, bestimmt.«

Die Malerin nickte. »Also los.«

Schon verließ die Jungfern-Companie samt Lehrerin das Haus. Mit wehenden Umhängen fegten sie in breiter Front über den Platz und am Dürerhaus vorbei. Die Nachbarin mit ihren Mägden kam gar nicht schnell genug dazu, das Fenster zu öffnen, um sich die Angelegenheit gründlich anzusehen. Umso eingehender sollte sie später am Brunnen besprochen werden.

Für Maria kam der Schwung schon nach wenigen Ecken zum Erliegen. Als das Nürnberger Rathaus mit seiner Renaissancefassade sichtbar wurde, nahm sie Bärbel bei der Hand. »Du musst nicht mitgehen«, murmelte sie. Denn was sie sich selber vorgenommen hatte, war der schwerste Teil der Aufgaben. Nach Barbaras Worten hatte der Rat das peinliche Verhör des gefangenen Italieners auf heute angesetzt, auf die Stunde vor Mittag. Sie wollte im Verborgenen lauschen.

»Die lassen dich doch niemals rein.« Barbara klang stolz und selbstbewusst. Endlich einmal hatte sie eine wichtige Rolle zu spielen. »Lass mich nur machen«, meinte sie und tätschelte die Hand ihrer Lehrmeisterin mütterlich. Tatsächlich übernahm sie die Führung, als sie von den Wachen aufgehalten wurden. »Mein Vater ist drunten im Loch«, erklärte sie. »Er bespricht sich noch mit dem Henker und will, dass ich ihm die Fragenliste bringe, die der Herr Magister für das Verhör ausgearbeitet hat. Er hat sie in der Kammer liegen lassen.«

Die »Kammer«, ohne weitere Bezeichnung, war das Zimmer über der Kapelle, von dem aus Ratsmitglieder ungesehen durch einen Schacht das belauschen konnten, was unten in der Folterkammer vor sich ging.

»Er hat die Liste liegen lassen«, wiederholte Barbara leise und knetete den Saum ihres Umschlagtuches.

Die Wache lächelte über ihre Verlegenheit und winkte sie herein. »Aber beeil dich, Mädchen.«

Barbara strahlte über ihr ganzes Mäusegesicht. »Danke, das hat der Vater auch gesagt.«

Der Wächter lachte. »Der Rat Nützel ist ein strenger Mann, das ist bekannt. Na, na, schon gut«, fügte er an, als Bärbel über und über rot wurde. »Wird schon alles gut gehen.«

Bärbel tat, als brächte sie nur ein Nicken zustande. Sie ließ es zu, dass der grauhaarige Mann mit dem väterlichen Lächeln voller Zahnlücken ihr auf den Scheitel klopfte. Mit einem raschen »Komm, Maria, der Vater wartet«, entschlüpfte sie in den nächstgelegenen Korridor.

»Wie machst du das?«, fragte Maria Sibylla. »Rot wie eine Pfingstrose, und das wie auf Bestellung.«

Bärbel grinste. »Es hat mit Atmung zu tun«, meinte sie leichthin.

»Auf dich werde ich ein Auge haben müssen«, stellte die Malerin fest. »So eine abgefeimte Kleinmädchen-Nummer.«

Das Grinsen der kleinen Nützel wurde breiter, verschwand aber, als vor ihnen Schritte zu hören waren. Zum Glück hatten sie ihr Ziel fast erreicht.

»Und wenn jemand drin ist?«, fragte Maria besorgt, als Barbara die Hand auf den Türknauf der Kammer legte und hastig drehte.

»Keine Angst, Papa hat gesagt, es wird keiner vom Rat dabei sein.« Barbara hatte geflüstert. Stumm standen sie beide hinter der rasch wieder verschlossenen Tür und horchten, wie die Schritte draußen erst lauter wurden, vor ihrem Versteck ankamen, sich dann aber wieder in der Ferne am anderen Gangende verloren. Erleichtert atmeten sie auf.

»Hab ich's doch gesagt«, stellte Bärbel fest, doch ihre Stimme zitterte. Sie zog ein Bündel Papiere unter ihrem Umschlagtuch hervor, das sie zu diesem Zweck aus Maria Sibyllas Atelier mitgenommen hatten, und hielt es sich gut sichtbar vor die Brust. »Kann ich dich alleine lassen?«, flüsterte sie.

Maria presste die Lippen zusammen und nickte. Sie versuchte ein Lächeln. Die beiden jungen Frauen gaben einander noch einmal kurz die Hand, dann huschte Barbara davon.

Es fiel nicht schwer, die Öffnung des Schachtes zu finden, der hinab in die Kapelle führte. Er war schräg angelegt, sodass sie nur hören, aber nichts sehen konnte, egal, wie weit sie sich vorneigte und das Gesicht an die viereckige Öffnung brachte. Immerhin ein schwacher Widerschein von Fackellicht war zu sehen, so schien es ihr zumindest. War da nicht ein unruhiger Schatten, der zuckend hier und da das Schwarz durchbrach? Er allein verband sie mit der Welt dort unten, die sie sich mit aller Kraft vorzustellen versuchte.

Sicherlich war da der Rat in seinen vornehmen Kleidern, außer ihm noch der Henker, Nachrichter genannt. Ihn hatte sie schon oft gesehen, auch wenn sie den Steg vor seinem Zuhause nahe den Fleischbänken mied wie viele Nürnberger. Sie besuchte nur selten eine der Hinrichtungen vor dem Frauentor, denn es war nicht nach ihrem Geschmack, wenn etwas, das Gott gerade und mit Sinn für Ordnung geschaffen hatte, krumm gemacht, zerbrochen, verbrannt oder zerfleischt wurde. Aber natürlich kannte auch sie den Mann mit dem ledernen Schurz und der Maske, den Mann, der für viele, die verschämt zu ihm gingen, zugleich ein Wundarzt und Heiler war.

Unten in der Kapelle, das wusste sie aus vielen Berichten, gab es Dinge, die auf den ersten Blick wirken mochten, als gehörten sie in eine Schmiede oder in eine Gerberei oder in einen der vielen Zulieferbetriebe der Nürnberger Zünfte. Die große Vorrichtung in der Mitte sollte aussehen wie eine Art seltsamer Webstuhl. Aus Holz und Eisen war sie gebaut, mit Ketten und Beschlägen. Die Gassenjungen erzählten davon und prahlten untereinander damit, was am meisten Schmerz zufüge, was am wirkungsvollsten sei, das Quetschen oder das Ziehen, das Brennen oder das Nägelreißen. Und die

Mutigsten unter ihnen behaupteten, dergleichen selbst schon einmal gesehen oder angefasst zu haben oder zumindest schon an einem, der seine Wunden in den Kneipen gegen Geld herzeigte, entdeckt zu haben, was sie anrichten konnten. Manche dieser Gerätschaften hatten schmeichelnde Bezeichnungen, die den Schrecken verdecken sollten, den sie in Wahrheit verbreiteten. Allein der Name »Kapelle« war ja eine einzige feige Beschönigung. Maria faltete nervös die Finger ineinander.

Da, jetzt waren dort unten Stimmen zu hören. Das war der Rat, der dort sprach, eindeutig Nützels trockenes Organ, seine hüstelnde Diktion. Den anderen kannte sie nicht. Das musste der Henker sein. Was waren sie leise! Maria duckte sich nahe an die Öffnung heran, um etwas zu verstehen. Dauernd klirrte und quietschte etwas, überdeckte mit seinem Lärm die Worte. Jetzt endlich waren ein paar Satzfetzen zu verstehen. Aber konnte das sein? Sie sprachen übers Wetter!

»Verdammtes Raupengeziefer!«, schimpfte Nützel.

Der Henker antwortete gleichmütig: »Was wollt Ihr? Der Winter war mild und der Frühling feucht.«

»Ihr seid's ja nicht, dem die Menge dann einen Prozess gegen die Tiere abverlangt. Der Diakon von Sebald hat schon vorgesprochen, es geht um einen Exorzismus.« Nützel hustete trocken. »Ich hatte mal einen Prozess gegen eine schwarze Sau zu führen, die man der gleichfarbigen Magie bezichtigte. Eine Aufregung war das damals, bis in die umliegenden Dörfer. Was tut man nicht alles.« Er spuckte aus.

Der Henker fügte etwas Unverständliches hinzu. Dann: »Wir wären so weit.«

Plötzlich hörte das Scharren und Rascheln auf, Nützel räusperte sich noch einmal und begann laut und vernehmlich: »Ihr seid Carlo Moretti?«

»Ja«, kam es, mit einer Stimme, die Maria zusammenzucken ließ. Das war er, das war Carlo, der gestern auf dem Markt vor ihr gestanden und sie eingeladen hatte, seine Arbeit zu bewundern, mit der er unsterblich werden wollte. Aber zugleich klang es unvertraut und seltsam gepresst, so als behindere etwas seine Atmung. Es klang herauf wie aus einem Grab! Maria schlang ihre Hände fester ineinander.

»Geboren im Jahr des Herrn 1630 in Azzano?«

Auch das wurde dem Rat bestätigt.

»Ihr wisst, weshalb Ihr hier seid?«

»Ich bin unschuldig.«

»Das war nicht die Frage.« Der Rat wiederholte seinen letzten Satz, bis er auch darauf ein »Ja« erhielt.

Maria hörte es rascheln. Er arbeitet seine Liste durch, dachte sie, jene Liste mit Fragen, die irgendwo in seiner Schreibstube ein Konsulent verfasst hatte und die diesen Morgen in aller Eile vom Rat gebilligt worden war als Grundlage des Verhörs. Derselbe Konsulent würde am Abend auf der Basis der Antworten, die Nützel gleich notieren würde, eine Analyse des Falls erstellen und ein Urteil empfehlen, und der Rat würde dem in seiner nächsten Sitzung folgen oder nicht. Jeder tat das Seine, jeder nur seine Pflicht. Aber dort unten lag Carlo gefesselt und würde seinen Beitrag mit Blut leisten müssen.

Nützel verlas die Aussage der Hebamme, Moretti habe Beata Gebhardin am vorvorigen Abend zu Hause abgeholt und sei mit ihr, betrunken und singend, in der Dunkelheit verschwunden.

Moretti widersprach: »Bin ich nie dort gewesen. Nicht diese Abend, nicht andere.«

Der Rat notierte das sorgsam; Maria hörte die Feder übers Papier kratzen. »Meister«, sagte er dann.

Als Nächstes hörte man ein Klatschen. Schläge, dachte Maria, eine Peitsche. Zunächst fielen sie wie ins Nichts, bald aber erhielten sie ein Echo aus Stöhnen und Ächzen. Schlag und Antwort, in bösem Takt. Und jedes Mal zuckte die Malerin zusammen.

»Neun, zehn«, zählte eine Stimme mit.

Elf, zwölf. Maria konnte nicht anders, als ebenfalls zu zählen. Das Keuchen wurde lauter, kürzer, glich mehr und mehr einem Schnappen nach Luft. Dann hallte der erste Schrei von den Kellerwänden.

»Fünfzehn.« Das Klatschen hörte auf. Maria bemerkte erst jetzt, dass sie unwillkürlich die Luft angehalten hatte. Ihr ganzer Körper war verkrampft. Immer wieder strich ihr Daumen über die Seite ihres Zeigefingers, wo eben eine tiefe Kerbe entstanden war, als sie sich den Nagel ins Fleisch getrieben hatte. Schon als Kind hatte sie das getan, wenn sie beim Arzt oder beim Bader war. Es half zwar, die Erwartung des Schmerzes auszuhalten, aber es half nicht gegen die Schmerzen selbst, weder gegen die eigenen noch gegen fremde.

16

Als Maria Sibylla zwei Stunden später wieder auf der Straße stand, wirkte sie blass und schmal, als hätte sie durchwachte Nächte hinter sich. Sie übersah die Grüße mehrerer Bekannter und rettete sich so schnell wie möglich ins Haus. Zum ersten Mal, seit sie vor vier Jahren hierher gezogen war, freute sie sich wieder über ihr Zuhause, über seine Größe und Wohlanständigkeit. Es versprach ihr Schutz und Frieden. Hinter seinen kleinen Fenstern wollte sie sich für den Rest des Tages verbergen und ihre Falter studieren.

Doch schon hinter der Haustür wurde ihr Name gerufen. »Frau Gräffin!« Das war Anna, die herbeilief, um ihr Besuch anzukündigen. Wenig später trat Maria Sibylla mit notdürftig gefasster Miene in die Küche, wo am gescheuerten Holztisch ihre Tochter auf einem Hocker saß und mit großen Augen ihren seltenen Gast musterte.

Der Diakon von Sankt Sebald erhob sich.

Maria Sibylla erwiderte seinen Gruß und schalt Anna, dass sie ihn nicht oben in die helle Stube mit dem Kachelofen geführt hatte.

Aber der Diakon winkte ab. Er war ein großer Mann, breitschultrig, fast vierschrötig, mit Händen, die für gröbere Arbeiten gemacht schienen als dafür, den Kelch zu halten oder Taufwasser auszugießen. Allerdings hielt er sich nicht wie ein Landmann oder Handwerker, sondern hatte den runden Rücken der Gelehrten, die sich tagaus, tagein über Bücher beugen. Seine Haut war unrein und fahl, seine Bewegungen waren fahrig. Insgesamt wirkte er wie ein Kranker, so, als stecke in dem mächtigen Körper ein morsches Inneres, das jederzeit in sich zusammenbrechen konnte. Sein Händedruck allerdings strafte diese Einschätzung Lügen. Maria atmete innerlich auf, als er ihre Finger endlich wieder aus dem Schraubstock seines Griffes entließ.

»Der Herr Heuchlin ist wegen mir hier«, verkündete ihre Tochter stolz und reckte sich.

»Wie darf ich das verstehen?« Maria Sibylla ließ sich dem Diakon gegenüber nieder.

Johann Leo Heuchlin war erst seit einem Jahr an Sankt Sebald; er hatte weder Johanna Helena getauft noch sonst in irgendeiner Weise bisher mit dem Hause Graff zu tun gehabt. Er räusperte sich hinter erhobener Hand, sodass Maria Sibylla die Tintenflecken auf seinen Fingern bemerken konnte. Richtig, erinnerte sie sich, es hieß, er fertigt in seinen Nachtstunden Gedichte an. Sogar ein Mitglied des Ordens der Pegnitzschäfer soll er sein, in dem die Ärzte und Apotheker, die Lehrer und Magister, die reichen Witwen und jungen Anwälte der Stadt sich treffen, um Verse zu schmieden und sie einander in ihren Gärten vorzutragen. Blumennamen geben sie einander dort. Maria erinnerte sich weiter, dass der Apotheker Stöberlein sich vor zwei Jahren bei seinem Beitritt Polyanthus Piloselle genannt hatte. Seine Frau hatte sie zu dem Ereignis gebeten, einen Satz Servietten mit dem entsprechenden Blütenmotiv zu bemalen, und schwärmte noch immer bei jedem Treffen davon, wie waschfest die Farben doch seien. Welchen Namen Heuchlin sich wohl gegeben hatte? Sie dachte flüchtig darüber nach, kam aber auf keinen, der geeignet klang; er schien ihr wie fahles Zunderholz.

Als hätte er ihre Gedanken gelesen, sprang in den Augen des Mannes ein Funke auf. »Ich leite seit einiger Zeit die Katechismus-Schule der Kirche. Und mir ist zu Ohren gekommen, dass Eure Tochter, obwohl im richtigen Alter, noch immer nicht angemeldet ist. Ich habe sie noch nie in meinen Unterrichtsräumen gesehen. Das kleine Ding«, setzte er hinzu und fasste Johanna Helena am Arm, die ihn erstaunt ansah.

Irgendetwas gefiel Maria Sibylla nicht. Sie blieb aber ruhig, da sich im Gesicht ihrer Tochter keine Abneigung zeigte.

»Ich hatte in den letzten Wochen so viel zu tun, bitte entschuldigt«, begann sie. »Natürlich werde ich …«

»Mir ist auch zu Ohren gekommen, dass es bei Euch im Haus Dinge zu hören und zu sehen gibt, die der jungen, ungeformten Seele eines unschuldigen Kindes nicht zuträglich sind.«

Maria richtete sich auf. »Ich habe keine Idee, was das sein sollte«, sagte sie und verfluchte innerlich die Nachbarinnen. Bislang hatte sie die Leute tratschen lassen. Aber es war wohl an der Zeit, die eine oder andere zur Rede zu stellen. Sie als ungeeignete Mutter hinzustellen, das ging nun wirklich zu weit. »Wenn Ihr auf meine Beschäftigung mit Faltern anspielt, so kann das Kind hier nur etwas lernen über Gottes schöne Natur und wie sie gemacht ist.«

»Gemacht ist sie in sieben Tagen, das steht in der Bibel zu lesen. Und mehr, mit Verlaub, Gräffin, hat ein gutes Christenkind darüber auch nicht zu wissen. Alles Weitere führt nur zu Eitelkeit und Hochmut und falschem Denken. Insbesondere, wenn man sich mit teuflischem Getier abgibt, das den lieben Gott verhöhnt, indem es sich aus Schlamm und Schmutz selber zeugt.«

»Falter schlüpfen aus Raupen.« Maria war so wütend, dass sie nicht mehr herausbrachte. »Aus Raupen«, wiederholte sie. »Nicht aus Schlamm. Das könnt Ihr mit Euren eigenen Augen sehen, die Gott Euch geschenkt hat.«

Heuchlin hingegen hatte den Blick bereits von ihr abgewandt. Stattdessen sah er Johanna Helena, die er noch immer fest im Griff hatte, tief in die Augen und fragte in dem falschen Ton, mit dem Erwachsene sich gerne Kindern zuwenden: »Nun, meine Kleine, hast du denn Jesus im Herzen?«

Lenchen, die über die inneren Organe bereits das eine oder andere von ihrer Mutter gelernt hatte, schaute unsicher zu Maria hinüber, nickte dann aber.

»So schlage das Kreuzzeichen, mein Kind.«

Lenchen tat es gehorsam. Aber sie tat es mit links. Maria biss sich auf die Lippen. Wie oft hatte sie dem Kind den Griffel, den Löffel oder das Brennglas schon in die Rechte gedrückt! Immer wieder machte die Kleine es falsch; selbst wenn sie mit rechts begann, wechselte sie irgendwann im Eifer zur Linken über, und wenn man sie zur Ordnung rief, verwirrte sie sich manchmal so sehr, dass sie auf die Frage, wo denn links und wo rechts sei, keine vernünftige Antwort mehr geben konnte.

Maria tat sie dann leid, ihr selbst war es gar nicht so wichtig, welche Hand ihr Kind zu Hilfe nahm, seit sie sah, wie schön Lenchen die Buchstaben auch mit der Linken formte, den Pinsel führte sie damit ebenfalls nicht schlecht.

Prompt kam der Kommentar: »Was, du nimmst die schlechte Hand? Die gottferne, böse?«

Johanna Helena hob den Kopf und blinzelte den Mann an. »Böse?«, fragte sie erstaunt und dachte dann nach. Sie legte die Linke auf ihr Herz, denn so hatte Maria ihr das beigebracht, um die Verwirrung in ihrem Kopf zu lösen: Da, wo das Herz schlägt, da ist links. »Aber wenn ich Jesus im Herzen trage«, fragte sie, langsam und nachdenklich, »dann ist die Linke doch viel näher an ihm dran. Wie kann die dann schlecht sein?«

Die Ohrfeige kam so schnell, dass Maria Sibylla es nicht mehr verhindern konnte. Sie sprang auf und zog ihr weinendes Kind an sich, prüfte die rote Stelle auf der Wange, putzte ihm die Nase, umarmte es und schob es hastig zur Tür hinaus. »Anna«, rief sie in den Flur, »Lenchen sucht dich.« Dann atmete sie dreimal tief aus und ein, ehe sie sich zu dem Diakon umwandte. Dieser war aufgestanden. Groß und drohend stand er vor Maria.

Ihre Stimme zitterte, aber sie wusste, was sie sagen würde. »Man schlägt ein Kind nicht dafür, dass es in seiner Unschuld eigene Gedanken entwickelt, und auch nicht dafür, dass es Fragen stellt. Man führt mit Verständnis sein Denken auf die richtigen Wege, und man gibt ihm Antworten, so man welche hat.«

»Das ist also Eure Erziehung.«

»Ja. Und ich werde mein Kind nirgendwo hinschicken, wo es eine andere erfährt. Junge Pflanzen müssen gepflegt und nicht zertreten werden.«

»Kinder brauchen eine harte Hand, vor allem Mädchen. Denn sie stehen der Gnade Gottes von Natur aus ferner. Sie haben das Böse in ihrem Wesen, und der Gärtner tut gut, der hier das Unkraut beizeiten ausreißt.« Er hob eine seiner großen Hände und ballte sie zur Faust, als umschließe er ein Büschel Gras, um es just aus dem

Boden zu reißen. In seinen Augen stand etwas, das Maria zurückzucken ließ.

»Aber …«, wollte sie dagegenhalten. Dann kam ihr ein Gedanke: »Hasst Ihr alle Frauen so sehr, Diakon?«

»Nicht mehr als gottgefällig. Worauf wollt Ihr hinaus, Gräffin?«

Das wusste Maria selber noch nicht. Aber in ihrem Kopf arbeitete es: Beata gehörte nicht zum Kreis um Sebald, sie stammte aus Johannis, aber sie hatte in der Stadt gearbeitet. Und sie war mit Andreas zusammen gewesen. Sie wusste, wie wenig diskret ihr Mann mit seinen Liebschaften umging, die leidige Nachbarschaft hatte sie nie darüber im Unklaren gelassen. Es war gut möglich, dass der Diakon Beata mit ihm gesehen hatte. Und wenn, dann sicher in keinem vorteilhaften Augenblick. »Kanntet Ihr eigentlich …«, begann sie bereits.

Aber der Diakon ließ sie nicht ausreden. »Achtet auf Euren Wandel, Gräffin. Noch ist es Zeit zur Läuterung.« Mit diesen Worten verließ er die Küche.

Maria Sibylla blieb zurück mit einer Wut, die ihr bitter im Hals steckte. Erst nach einer Weile verflüchtigte sie sich und ließ sie unendlich müde zurück. Maria sank an den Küchentisch. Das alles war einfach zu viel für einen Tag. Überall sah sie inzwischen potenzielle Mörder, selbst in einem Geistlichen, der doch über jedem Verdacht stehen sollte. Wahrscheinlich gingen einfach die Nerven mit ihr durch. Sie sprang auf, sie musste zu Lenchen, sehen, wie es dem Kind ging.

Es drängte sie, ihrer Tochter zu sagen, dass sie kein böses Mädchen war, dass sie nichts falsch gemacht hatte – im Gegenteil – und dass manche Menschen schlugen, wenn ihnen die Argumente ausgingen. Heuchlin war nur einer von vielen. Auch die Schule, in der Lenchen Lesen und Schreiben lernte, war kein Paradies. Mehr als einmal hatte sie schon überlegt, die Kleine zu Hause selbst zu unterrichten. Aber die Arbeit an dem Blumenbuch drängte, der Verleger fragte nach den Stichen. Sie arbeitete immer noch bei Andreas in der Werkstatt mit, wenn Not am Mann war, und das war es immer. Ihre Farben stellte sie selbst her und vertrieb sie, auch das ein unverzichtbarer Einnahmequell. Und dann waren da noch die Auftragsarbeiten für die Nürnberger Patrizierhaushalte, das eigene Haus ... Nein, sie hatte beim besten Willen nicht die Zeit dazu.

Sie fand Lenchen mit Anna in der Apfelkammer, wo sie fröhlich und unter Gesang dabei waren, die angefaulten Früchte auszulesen, die sie ausschneiden wollten, um Mus daraus zu kochen. Mit klopfendem Herzen blieb Maria Sibylla im dunklen Flur stehen und schaute den beiden eine Weile zu, lauschte ihren knappen Gesprächen und dem Gelächter. Beruhigt stellte sie fest, dass der Sturm, der in ihrem eigenen Inneren noch immer tobte, sich hier längst gelegt hatte.

Gut so, dachte Maria nicht ohne Neid, hier konnte sie nichts tun, allenfalls etwas verderben. Selbst noch lange nicht getröstet, riss sie sich endlich los und stieg die Stufen hinauf, um sich bei der Arbeit ein wenig Ruhe zu verschaffen.

17

»Also, mein Paps hat wieder einmal keine Ahnung«, stellte Susanna fest und warf ihre Zöpfe über die Schultern. »Alles Mögliche hat er mir erzählt: wo der Meister Moretti schon gearbeitet haben soll, welche Palais er ausgestattet hat und mit welchen Motiven. Aber von Liebschaften oder Saufgelagen oder anderen interessanten Dingen – davon weiß mein lieber Vater nichts. Na ja«, entschuldigte sie ihn nach kurzem Überlegen. »Der Moretti ist ja auch ein Italiener und soll gar nicht in das Lexikon der deutschen Künstler, das mein Paps verfassen will.«

»Und von den Deutschen dann wird das Interessante aber in dem Lexikon festgehalten, ja?«, neckte Dorothea sie.

»Weißt du, für sechzehn bist du ganz schön verdorben«, stellte Barbara fest, mit einem schnellen Blick zu Maria, ob diese sie jetzt wegen ihrer gestern so gekonnt geheuchelten Unschuld aufziehen würde. Aber die Malerin wirkte abwesend.

»Das hat unsere Magd auch gemeint.« Susanna sah sich stolz um. »Also habe ich zu unserer Martha gesagt, ›Ich erzähle Paps das mit dir und dem Gerbergesellen, wenn du nicht mitkommst zu dem Gasthaus.‹«

»Zu welchem Gasthaus?«, fragte Clara stirnrunzelnd.

Susanna schaute sie mit ihren großen Augen unschuldig an. »Na zu dem, wo die Italiener wohnen. Der Stuckateur ist ja nicht alleine gekommen.«

»Du bist ... gute Güte, Kind. Wenn das dein Vater erfährt.« Jetzt wurde Maria Sibylla doch aufmerksam und hob den Kopf von der großen Zeltbahn aus Leinwand, an der sie malte.

Susanna grinste. »Glaubst du, Maria, der Herr Sandrart nimmt dich dann nicht mehr in sein Lexikon auf?«

»Nein – aber Kind, so ein übel beleumundetes Lokal!«

»So übel ist es gar nicht«, stellte Susanna richtig. »Es ist nicht mal eine echte Wirtschaft. Tatsächlich logieren sie bei einer Witwe in der Schottengasse im Elisabethviertel, ganz ordentlich, wenn ihr mich fragt. Meine Martha kannte die gute Frau sogar. Und als ich das mit dem Gerbergesellen noch mal klarstellte, hat sie sich sehr lange und ausgiebig mit ihr unterhalten. Also ...«, sie holte Atem und schaute in die Gesichter ihrer Freundinnen: Maria hatte die Stoffbahn sinken lassen, auf der sie soeben ein paar Schlüsselblumen anbrachte. Dorothea beleckte ungerührt das Ende eines grünen Garnfadens, Bärbel dagegen saß vorgeneigt da, das Gesicht in beiden Händen, Magdalena hatte die Füße zu sich auf den Schemel gezogen und umarmte ihre Knie. Sie rührte ihr Stickzeug nicht an und schaute aus dem Fenster. Das Sonnenlicht ließ dessen gelbliche Butzenscheiben aufleuchten und verfärbte das Blau ihres Halstüchleins grün. Alles in allem erschien Susanna der Aufmerksamkeitspegel ausreichend zu sein. »Sie wohnen da im ersten Stock in drei Zimmern, zu acht, und sie gehen selten aus. Kochen sich unten in der Küche ihr eigenes Essen und bleiben unter sich, sagt die Witwe. Bringen kaum Besuch ins Haus, wenn, sind's Reisende aus Italien. Sollte einer von ihnen in die Frauenhäuser gehen, so weiß sie davon nichts. Aber auch in dem Fall sind sie zeitig wieder daheim. Sie mögen kein Bier, und sie mögen den deutschen Wein nicht, und sie haben Heimweh.«

»Ach«, sagte Dorothea enttäuscht, die sich das Künstlerleben, vor allem das italienische, spannender vorgestellt hatte.

»Ja«, pflichtete Susanna ihr verständnisinnig bei. Und doch hatte sie bei ihrem Besuch gestern das Glück, dass ein glutäugiger junger Mann in die Küche kam und ihr einen durchaus befriedigend feurigen Blick zuwarf. »Das ist der Bruder des Verdächtigen«, hatte die Witwe ihr wispernd erklärt. Susanna hatte einen Blick zurückgeworfen und den Jungen dann mit vorsichtiger Verachtung gestraft. Mit jüngeren Brüdern gab sie sich normalerweise nicht ab. Immerhin schickte jemand nach einem Krug Wein, und man sang noch eine Weile beim Feuer, deutsche Lieder und fremde im Wechsel. Sogar die Wangen der melancholischen Wirtin röteten sich im Lauf des Abends, und Susanna dachte schließlich, dass es nicht schadete, kleine Brüder zumindest eine Zeit lang im Schein der Glut mit Seitenblicken zur Kenntnis zu nehmen. Als sie ging, küsste er ihre Hand wie ein Galan ... Sie konnte es jetzt, am darauffolgenden Tag, immer noch auf der Haut fühlen. Angelegentlich betrachtete sie ihre schmalen Finger mit den gepflegten Nägeln. »Fazit ist«, erklärte sie geziert, »man kann sich dort nicht vorstellen, dass der Herr Stuckateur mit solchem Vorstadtgeschwärtl wie der Hebamme und ihrer Tochter herumzieht.«

Dorothea fiel ihr ins Wort: »Ja, genau.« Ihre Aufgabe war es gestern, das »Geschwärtl vor den Mauern« zu überprüfen. Nun berichtete sie von ihrem Ausflug nach Johannis, der sie zunächst zum Friedhof führte. Sie wollte das Grab Beatas aufsuchen, um als kleine Geste einen Strauß Blumen darauf abzulegen, den sie unterwegs gepflückt hatte. Es waren die ersten Blumen überhaupt, die die frisch aufgeworfene Erde zierten. »Ach, ehe ich es vergesse«, sagte sie jetzt und zog ein Spanschächtelchen aus ihrer Rocktasche. »Die habe ich dort, wo ich die Blumen gepflückt habe, an ein paar Brombeerranken gefunden.«

Alle ließen ihre Arbeit liegen, um sich vorzuneigen, als Maria vorsichtig den Deckel der Schachtel hob.

»Iiiih, die hat Stacheln«, rief Barbara, die den Faltern deutlich mehr zugetan war als den Raupen.

Eingehend betrachtete Maria Sibylla das dornige Tier mit den silbernen und weißen Längsstreifen. »Ich denke«, sagte sie nach einer Weile, »es könnte einer von den Gelblichen draus schlüpfen. Ihr wisst schon, die ins Braune und Orangefarbene hinüberspielen, heller am Flügelansatz und weiter draußen dann ein Schimmer von Lila.« Sie hatte unwillkürlich mit der freien Hand zu skizzieren begonnen und entwarf mit schnellen Strichen das zarte Tier, die grazilen Beine, die Fühler, den bepelzten Leib und die Zunge, die sich elegant ringelte. Die Flügel aber leuchteten wie Kirchenfenster. »Ich nenne sie Perlmutterfalter, weil die Farben so ineinanderfließen«, beendete Maria ihren Vortrag. »Vielen Dank, Dorothea.«

»Na, wenn dich das schon freut.« Dorothea rückte geziert ihre schwarzen Locken zurecht. »Dann bin ich mal gespannt, was du zum Rest sagen wirst.« Sie schaute herausfordernd in die Runde. »Beatas Mutter«, begann sie, »stand natürlich nicht am Grab.« Sie machte eine längere Kunstpause, die sie erst unterbrach, als Clara mit ihren Fingernägeln auf dem Stuhl zu trommeln begann. »Die hockte zu Hause, gramgebeugt vom Inhalt eines Kruges mit Schnaps, der schon fast leer war. Bei ihr ein Kerl, dem ich lieber nicht im Dunkeln begegnen möchte.«

Die Mädchen drangen in sie, den Mann näher zu beschreiben.

Dorothea lehnte sich zurück. »Ich sage nur, der Geruch ist unvergesslich.«

»Och, komm. Jetzt sei nicht so!« – »War er groß und dunkel?« – »Hatte er Narben?«

Dorothea musste zugeben, dass er eher klein war und sein Haar vermutlich rötlich gewesen wäre, hätte er es einmal gewaschen. »Sein Gesicht war glatt, vom Schmutz abgesehen, und seine Augen waren schwarz und hart wie Kiesel und guckten einen so seltsam an. Ich sag euch, der hat so brutal ausgesehen, auch ganz ohne Narben. Den brauchte man nur anzuschauen und wusste sofort, der könnte einem alles antun, und es würde ihn nicht scheren.«

Maria Sibylla wusste, dass Dorothea nicht leicht zu beeindrucken war, und hörte ihr aufmerksam zu. »War es ihr Mann?«, fragte sie.

»So etwas Ähnliches«, meinte Dorothea und hob die Brauen.

»Wieso? Was ist denn etwas *Ähnliches*?«, fragte Bärbel ahnungslos und musste sich dafür auslachen lassen.

Dorothea tätschelte ihren Arm. »Sagen wir mal so: Ich nehme nicht an, dass der Pfarrer diesen Bund gesegnet hat, mein liebes Kind.«

»Ach so.« Bärbel schmollte. »Das weiß ich doch längst.«

»Umso schlimmer«, stellte Maria Sibylla fest und griff wieder zu ihrer Stoffbahn. Aber irgendwie war ihr nicht nach Schlüsselblumen. »Und was wolltest du uns nun eigentlich erzählen mit deiner Schauermär, Dorothea? Meinst du, der Mann kommt als Täter infrage?«

Die junge Malertochter beschloss, endlich zur Sache zu kommen. »Die Hebamme ist betrunken gewesen und hat über das Schicksal im Allgemeinen und ihr eigenes im Besonderen heftig lamentiert. Sie hat den Italiener bezichtigt, mit ihrer Tochter die schlimmsten Dinge getrieben zu haben. ›Immerzu war er hinter ihr her wie der Teufel hinter der armen Seele, der Dreckskerl‹, hat sie gelallt und dabei die Tischplatte gestreichelt. Da hat ihr Mann ihr eine runtergehauen!«

»Was?« – »Er hat sie geschlagen?«

»Einfach so.« Dorothea machte eine abschließende Geste. »Ohne Vorwarnung und weitere Umstände.« Dabei sah sie nicht unzufrieden aus.

»Und was hat sie gemacht?« Susanna staunte.

»Nichts. Weitergetrunken.« Dorothea zuckte mit den Schultern. »Es schien der übliche Gesprächsverlauf gewesen zu sein.« Als sie den vielsagenden Blick bemerkte, mit dem Clara sie auf Bärbel hinwies, räusperte sie sich. »Jedenfalls hat er ihr gesagt, sie soll das Maul hal…, also still sein, sonst würde er sie …. Aber das tut wohl auch nichts zur Sache. Kurz: Er hat ihr vorgeworfen, doch selber hinter dem Italiener, also dem Moretti, her gewesen zu sein und nur, weil der sie nicht hat …, ich meine, weil er sie abgewiesen hat, bräuchte sie jetzt auch nicht rumzuheulen, sich zu grämen, wollte ich sagen.« Sie verstummte und blickte fromm auf ihre gefalteten Hände.

Clara sah zornig aus. Maria allerdings konnte sich ein Schmunzeln nicht ganz verkneifen. Da hob Dorothea, noch immer gesenkten Kopfes, leicht den Blick und blinzelte ihr zu.

Maria räusperte sich rasch und raffte den Stoff. »Hat die Hebamme dazu noch irgendwie Stellung genommen?«, fragte sie.

»Wie man es nimmt.« Dorothea grinste schon wieder. »Sie begann, auf Moretti zu schimpfen, dass der sich überhaupt nichts einzubilden brauche auf was auch immer, ich werde da nicht ins Detail gehen. Jedenfalls fand sie, jeder Straßenköter sei damit ausreichend bestückt, das sei also keine Kunst. Und er könne froh sein, wenn sie sich für ihn interessiere, was sie aber gar nicht tue, nicht ein Stück. Und ihre Tochter auch nicht, die eh nicht, nicht mal mit der Feuerzange. Dafür würde sie schon sorgen. Wenn der Moretti käme, dann würde sie ... der arrogante Hund, der.« Dorothea ließ ihren Blick demonstrativ zum Fenster schweifen. »Der Mann dort hat sie wieder verprügelt, und ich bin dann gegangen.«

Barbara versuchte, die Aussage der Hebamme auf das Wesentliche hin durchzugehen. »Aber war das, was sie da am Ende gesagt hat, nicht so ziemlich das Gegenteil von dem, was sie vorher behauptet hat?«

»Ist dir das auch aufgefallen?« Dorothea lachte, als wäre das alles ein wunderbarer Scherz. Dann schlug sie sich auf die Knie. »Wenn ihr mich fragt, dann war es so: Sie war hinter dem Stuckateur her, er hat sie abgewiesen, und jetzt will sie ihm eins auswischen.«

Die Mädchen schwiegen. Für die meisten war das ein ganz schönes Stück Abgrund der menschlichen Seele.

Endlich sagte Maria: »Das deckt sich jedenfalls mit dem, was er ausgesagt hat.«

Sofort wandten sich alle Köpfe ihr zu. Gestickt wurde nirgendwo mehr. Die Vorlagenblätter lagen verwaist, Marias Schlüsselblumen sanken langsam zu Boden.

Clara ergriff die Hand der Malerin, Dorothea umschlang Marias Schulter. Susanna machte Anstalten, sich ihr zu Füßen zu kauern. Nur Bärbel und Magdalena schienen ganz froh um den Abstand zu ihrer Lehrerin zu sein, so als könnten sie damit Raum zwischen sich und die Folterkammer des Lochgefängnisses bringen.

Maria allerdings fühlte sich bei all der Beachtung unwohl. Sie machte sich los.

»Im Ernst?«, fragte Clara nach einer Weile. »Er hat ausgesagt, dass sie ihm nachgelaufen ist?« Sie runzelte die Stirn.

Susanna pflichtete ihr bei: »Das klingt aber ziemlich arrogant. Genau das, was ein Mann sagen würde.«

»Wenn man ihn gefragt hat, ja«, gab Maria zu. Sie öffnete das Fenster. Ihr war nach frischer Luft. Drunten trieb ein Bauernjunge eine Schar Ziegen über den Platz. Er tat es unter lautem Rufen, mit vielem Rutenschwingen und Schnalzen und vergaß auch nicht, die Filzkappe abzunehmen, um damit zu wedeln. Die Mägde am Brunnen quittierten seinen Auftritt mit demonstrativem Gekicher. Als er eine ansprach, spritzte sie aus einem Eimer nach ihm. Sie alle waren hochzufrieden.

Maria lehnte das Fenster an. Ihre Finger spielten mit dem Griff. »Zuerst hat Moretti behauptet, er kenne sie überhaupt nicht. Erst nachher ... nachher dann hat er was anderes gesagt.«

»Du meinst, nachdem ...«, fing Barbara an, wurde aber von Clara zum Schweigen gebracht.

Nach einer ganzen Weile fügte die junge Imhoff hinzu: »In diesem Fall scheint mir der Mann glaubwürdig. Er wollte zuerst nichts Schlechtes über die Frau sagen, hat aber dann die Wahrheit zugegeben.«

Maria wandte sich nicht um, ihre Schultern bebten. »Das glaube ich auch.« Sie dachte an Carlo und daran, dass sie ihm nie wieder würde in die Augen schauen können, nachdem sie Zeugin seiner Niederlage geworden war. Wenn er wüsste, dass sie in diesem schweren Moment dabei gewesen war, er würde sie hassen, da war sie sich sicher. Sie hatte ihn nicht sehen können, aber sie hatte seine Scham gespürt. Ach, sie wünschte, sie wäre nie dort gewesen.

»Also, mein Papa sagt«, verkündete Bärbel frohgemut, »dass manche noch nach dem dritten Durchgang lügen. Immer wieder fällt ihnen was Neues ein, und man weiß nie ...« Sie wurde leiser, als sie die düsteren Blicke der anderen sah. Kleinlaut fügte sie hinzu: »... sagt jedenfalls mein Papa. Mal sehen, was die anderen im Rat dazu meinen.«

»Er bleibt vorerst in Haft?«, erkundigte Clara sich.

Bärbel nickte. »Klar!«, sagte sie. »Au! He!« Sie rieb sich den Arm an der Stelle, an der Susanna sie mit ihrer Sticknadel gepikst hatte. »Was habt ihr denn alle mit diesem Italiener?«

Dorothea wandte sich mit Schwung an Magdalena. »Und du? Was hast du gestern herausbekommen?«

»Ich?« Magdalena sah aus wie eine eben aus ihren Träumen gerissene Schlafwandlerin. »Also ich, ich ... Ich bin noch nicht dazu gekommen. Der Diakon war da, und dann musste meine Mama ins Geschäft, und dann ...«

Ihre Gefährtinnen stöhnten demonstrativ. »Ich laufe bis Johannis, Mensch!« Dorothea zeigte die Sohlen ihrer kleinen Lederstiefel. »Und du kannst nicht mal deine Mama fragen?«

»Jedenfalls weiß ich jetzt, wo Beata von uns aus hinging«, warf Magdalena rasch ein.

»Ja? Und?«

»Sei doch nicht so, Dorothea.« Maria legte der Freundin die Hand auf den Arm. Sie war froh, dass die allgemeine Aufmerksamkeit sich wieder von ihr abgewandt hatte. Nun schaute sie Magdalena an. »Wohin also, Mädchen?«

»Zum Hoffmann.«

18

»Zu Johann Hoffmann, dem Verleger?«, erkundigte sich Maria Sibylla sicherheitshalber. Sie dachte, was ihre Freundin Dorothea Auer laut aussprach: »Zum übelsten Nachdrucker der ganzen Stadt?«

»Zu dem, der die schönen Kalender macht?«, fragte Barbara fast zur selben Zeit und durfte sich dafür viel Schelte anhören. Hoffmanns Traum- und Zuckerbäckerkalender hatten in der Tat viele Liebhaberinnen. Aber auch seine Bilderbögen zu Naturereignissen wie dem Großen Kometen sowie seine Karten trugen zu seinem Ruf bei – in direkter Konkurrenz zum Hause Fürst.

»Papa arbeitet jedenfalls nicht mit ihm, eben weil er sich so viele Arbeiten anderer aneignet«, stellte Dorothea fest.

Maria Sibylla schwieg lange. »Mein Mann hat mit ihm zu tun«, sagte sie dann. Sie gab es ungern zu, aber was würde es helfen zu schweigen? Die anderen wussten ja nichts von dem Unterrock, sie wussten – so Gott ihr gnädig war – nichts von Andreas' Neigungen. Und Gott sei Dank auch nichts von ihren eigenen.

Mit einem Mal fand sie dringend etwas an den Schlüsselblumen zu verbessern, die auf der sich blähenden, widerspenstigen, viel zu großen Leinwand vor ihr entstanden. Sie zog und zerrte an dem Stoff und wurde doch nicht mit ihm fertig. Ein blumenbemaltes Zelt hatte die Markgräfin von Baden-Baden bei ihr bestellt. Für ihren Mann. Was zum Teufel, dachte Maria Sibylla, sollte ein Mann mit dem Spitznamen »Türkenlouis« mit einem Blumenzelt beginnen? Mit rotem Gesicht saß sie schließlich da und starrte auf ein paar ganz unglücklich gesetzte Striche.

»Ich kann da nicht hingehen diesmal«, meinte Dorothea und warf ihr Haar zurück.

Clara, die bisher gar nichts gesagt, sondern nur ruhig die Nadel weitergeführt hatte, meinte, ohne den Kopf zu heben: »Dort sollte niemand von uns hingehen. – Nein, im Ernst«, fügte sie hinzu, als Protest aufkam, und schaute die anderen an. »Der Hoffmann hat die Aufnahme in den Rat beantragt.«

»Was?«, erklang es in der Runde. – »Der?« – »Da gäbe es aber ganz andere!«

Clara dagegen blieb ruhig. »Ich weiß von meinem Vater, dass der Antrag sehr wohlwollend erwogen wird. Ehrlich, Maria«, wandte sie sich an die Freundin, »in Johannis betrunkene Hebammen anzusprechen ist eine Sache. Aber dem Verleger Hoffmann sollten wir keine unbequemen Fragen stellen.« Sie schaute Maria Sibylla direkt an. »Er hat viele gute Freunde, die das sehr übel nehmen würden.«

Maria verstand, worauf sie hinauswollte. Diese Freunde wohnten in den Häusern am Egidienplatz und hatten Töchter, die malen lernen durften, sie hatten Tischwäsche, die bestickt werden wollte. Sie empfingen die Besuche der Malerin in ihren besten Kleidern bislang gnädig, aber das konnte sich ändern von einem Tag auf den anderen. Und dann war Schluss mit den kleinen Zuverdiensten, die sie über Wasser hielten. Und wer wusste schon, wie sich das auf Andreas und seine Arbeit auswirken würde? Er brauchte den Kontakt zu einem wie Hoffmann, so traurig es sein mochte.

»Das mit dem Mördersuchen war ja sowieso alles nur ein Spiel«, sagte Barbara. Und Susanna nickte zerstreut.

»Ich verstehe«, sagte Maria Sibylla und stand auf. Der Raum kam ihr mit einem Mal klein und bedrückend vor, weniger wegen einer konkreten Gefahr als wegen der engen Grenzen, die ihrer Existenz gesetzt waren. Immer schon hatte es diese gegeben, aber hier und heute spürte Maria sie besonders schmerzhaft. »Nein, nein«, sie schüttelte den Kopf, als sie Claras besorgten Blick sah, und lächelte mit Mühe. »Ich bin nicht Dorothea, dass ich mit dem Kopf durch die Wand gehe.«

»Mir wäre es am liebsten«, erwiderte Clara stirnrunzelnd, »du würdest im Moment nirgendwohin gehen.«

»Nicht einmal in mein Arbeitszimmer?« Maria strich ihre Röcke glatt. Im Hinausgehen neigte sie sich über Magdalenas Arbeit. »Gib den Tulpenblättern mehr Schwung«, riet sie. »Lass die gedachten Fortsetzungen sich an einem Punkt im Raum treffen. Und nimm ein zweites Grün. Schau auf den Vorplatz, da habe ich eine Tulpe im Topf stehen.«

Die Mädchen sahen ihr erst verwundert nach, dann öffneten sie das Fenster zur Eingangstür hin und blickten hinaus. Dort neben der Bank war tatsächlich der Rest einer nicht eben gepflegten Anlage, zu der auch ein irdener Topf mit einer bescheidenen rosafarbenen Tulpe zählte. Es war ein Geschenk Claras zu Marias letztem Geburtstag, oder vielmehr ein Raub, den sie den Hesperidengärten ihrer Familie angetan hatte, um die Freundin zu erfreuen.

»Finger weg, Magdalena. Herrgott, musst du immer alles kaputt machen.« Clara schüttelte den Kopf, als sie feststellte, dass das Mädchen hinausgelangt und eines der Blütenblätter abgerissen hatte, an dem sie jetzt ganz versonnen roch. »Eine Steigerung wäre, es zu essen. Also ehrlich.«

»Was ist denn da drüben los?«, fragte Dorothea, die sich aus dem Fenster gelehnt hatte, um ein wenig von der wärmenden Sonne abzubekommen. »Was haben die denn so dringend zu bereden?«

Die gesamte Jungfern-Companie drängte sich neben sie und starrte auf die Nachbarschaft, die von draußen starrten zurück. »Man könnte meinen, sie reden über uns«, stellte Barbara fest, die das am wenigsten gewohnt war.

»So haben sie bei uns auch geglotzt, als Paps zur ersten Sitzung der Künstlerakademie aufgerufen hat.« Susanna warf den Kopf zurück. »Die guten Nürnberger dachten damals wohl, jetzt kämen die Zigeuner. Oder zumindest sinistre Gestalten im Morgenrock mit Samtbarett.« Sie lächelte bei der Erinnerung an zumindest eine gut gewachsene Gestalt, der ihr Samtbarett durchaus gestanden hatte.

»Aber uns kennen sie doch schon?«, murmelte Clara, der der Auflauf Sorgen bereitete. »Und was hat der Geistliche da zu tun?«

»Das ist doch nur der Heuchlin«, meinte Magdalena, »der macht mit Mama Gedichte. Ganz nette eigentlich. Er sagt, ich sähe so schön melancholisch aus.« Sie fügte nicht hinzu, dass ihr das weit lieber war als das Gerede der anderen, die sie albern nannten oder verrückt. »Ich mag das Wort Melancholie.«

Clara zuckte erschrocken zurück, als dicht unter dem Fenster ein Kopf auftauchte. Es war einer der Jungen aus der Nachbarschaft. Sie versuchte, ihn mit einer

Handbewegung wegzuscheuchen, aber er grinste nur und spähte ungeniert über ihre Schulter hinweg in das Zimmer. »Stimmt es, dass sie ’ne tote Maus zu Hause aufhebt, mit Würmern drin?«, fragte er neugierig.

Clara seufzte. Sie wünschte, sie hätte Nein sagen können. Aber sie hatte selbst schon miterlebt, wie begeistert Maria Sibylla einen halb verwesten Rattenkadaver aufhob, weil sich darauf Maden und Eier befanden. Die Forscherin hatte der Versuchung einfach nicht widerstehen können zu sehen, was für Insekten am Ende daraus schlüpfen würden. Mit etwas Pech befand sich die Leiche noch immer oben im Arbeitszimmer, wo Maria sie im Auge behielt, bis die Metamorphose abgeschlossen sein würde und sie alles mit Stift oder Pinsel festhalten könnte. Annas Proteste gegen den Geruch waren damals ungehört verhallt. »So ein Unfug«, log Clara mit so viel Überzeugungskraft, wie sie aufbrachte. »Ist es das, worüber sie sich da drüben das Maul zerreißen?« Und sie wies mit dem Kinn zu den versammelten Nachbarinnen und Mägden.

In dem Mann mitten unter ihnen erkannte nun auch sie den Diakon von Sankt Sebald. Als sie den Eindruck hatte, er bemerke sie und fasse sie direkt ins Auge, senkte sie leicht grüßend den Kopf.

»Die sagen, sie lässt ihre Tochter nicht in den Katechismus-Unterricht.« Der Junge feixte.

»Das wünschst du dir wohl für dich selber«, entgegnete ihm Clara. »Du würdest doch auch lieber schwänzen und Leute anschwärzen als die Gebote auswendig lernen.« Sie neigte sich ein wenig weiter hinaus. »Du kannst dem Herrn Diakon ausrichten, Johanna Helena lernt den Katechismus als Gefährtin meiner kleinen

Nichte, auf besonderen Wunsch meiner Familie. Am besten tust du's gleich.« Sie richtete sich auf, verfolgte mit den Blicken, wie der Junge mit seinen schmutzigen nackten Füßen hinüberhüpfte und zog, als sie sicher war, dass ihre Botschaft ankam, langsam die Fensterflügel zu. Im Geiste notierte sie, ihre Tante um den entsprechenden Gefallen zu bitten. Sie stutzte, als sie im letzten Moment eine Frauensilhouette um die Ecke schlüpfen sah, ehe sie das Fenster schloss. Nein, sagte sie sich und widerstand der Versuchung, noch einmal hinauszusehen: Das konnte nicht Maria Sibylla gewesen sein. Wo sollte sie auch hingehen?

19

Maria Sibylla Merian hatte vergeblich Trost gesucht, wo sie ihn sonst zu finden pflegte: in der fünfbändigen Naturgeschichte, die ihr Vater einst geschaffen hatte, einem Werk mit fast dreitausend Abbildungen, die so soldatenhaft gerade standen wie ihre eigenen naturnah und anmutig waren. Sie hatte zerstreut in dem Blumenbuch ihres weitläufigen Verwandten de Brys geblättert, auch in der *Metamorphosis insectorum* von Jan Goedart, die als die Bibel ihres Forschungsfaches galt. Seit Neuestem aber griff sie am liebsten zu ihrem geheimen Schatz, einem Buch zweier Reisender in die Neue Welt, die aus Brasilien berichteten und den beiden Indien. Sie schilderten die dortige Natur, Pflanzen wie Tiere, in Worten und Bildern, die Maria Sibylla wieder und wieder in ihren Bann zogen. Dort musste es Schmetterlinge geben und Insekten, gegen die sich hier alles zwergenhaft ausnahm, langweilig und klein. Und Farben hatte es dort, als habe Gott zeigen wollen, was er wirklich konnte.

Nürnberg zu erforschen, Franken zu erforschen, das hieß eben nur den kleinsten Teil der Schöpfung gesehen zu haben. Wie viel hatte sie von den Hesperidengärten der Familie Imhoff erwartet – und war doch enttäuscht worden! Jetzt hoffte sie auf eine Einladung in die berühmten Volkamer'schen Gärten. Dort würde es ebenfalls exotische Pflanzen geben, sollten darauf auch wieder keine exotischen Tiere leben? Die Hoffnung damals war vergebens gewesen, ebenso wie ihr Versuch, ihren inneren Frieden wiederzufinden, indem sie einfach weitermachte.

In ihr war eine Furcht aufgegangen, die wuchs und wuchs: dass sie ihr Leben mit der Lupe über Büchern verbringen würde, zwischen Küche und Atelier auf kleinstem Raum, eingeengt durch ihre Ehe, ihre Rolle als Frau, die Bestimmungen der Handwerkerordnung, die Launen der Patrizier und deren Kunstgeschmack. Carlo hat recht, hatte sie in diesem Moment gedacht, er allein hat es gesehen und erkannt. Es ist etwas in mir, das nicht in das übliche Schema passt. Eines Tages breche ich vielleicht wirklich auf und dann ...

Da ihr die geliebten Bilder in den Büchern heute tot erschienen waren, hatte es sie nicht im Haus gehalten. Unbemerkt von ihrer Jungfern-Companie, die ihr sonst lieb und recht aber heute einfach unerträglich war, schlich Maria sich aus dem Haus und stürmte durch die Gassen. Rennen, einfach nur laufen. Ach, wenn man allem davonlaufen könnte. Aber man wurde nur angestarrt, wenn man es versuchte.

Sie mäßigte ihre Geschwindigkeit, um nicht aufzufallen, und stellte fest, dass sie wieder auf dem Obstmarkt stand. Hier war sie zuletzt mit ihm gewesen. Hier hatte er sie angesehen mit seinen schwarzen Augen und ihr Dinge zugeraunt, die ein Mann zu einer fremden Frau nicht sagen sollte. Alleine stand sie zwischen all den Kiepen voll frischer Kräuter, den Körben mit Kohl und Rüben vom Vorjahr und all den angerunzelten Äpfeln.

Heute war noch ein anderer Stand auf dem Markt; er bot Waren feil, die nicht für Menschen wie Maria gedacht waren, für sie allenfalls zum Staunen. Nur die Mägde der großen Häuser kauften hier ein; es war eine besondere Gelegenheit.

Da gab es getrocknete Datteln und Feigen, Zitrusfrüchte, schon ein wenig ledrig und fest, aber sie verströmten ein wunderbares Aroma. Die großen Patrizischen Handelshäuser hatten dergleichen in ihren Speichern. Auch die Imhoffs handelten damit, über Venedig, wo sie im Fondaco dei Tedeschi ansässig waren; Clara hatte Maria mal einen Blick in einen der Speicher werfen lassen. Nie würde Maria den Duft nach Muskateller und Orangen, nach süßen Korinthen, Zimt und Zitronen wieder vergessen.

Der Händler hatte eine Zitrone aufgeschnitten, ihr Duft legte sich über den ganzen Markt. Unscheinbare Früchte gab es – wenn man nur flüchtig hinsah, konnte man sie für Kartoffeln halten, doch Maria wusste, dass es Granatäpfel waren. Und als Krönung, in einem eigenen Korb, fest von gutem Stroh umgeben, thronte die Königin, groß, stachelig, fremdartig: eine Ananas. Maria Sibylla hatte ihr Abbild schon viele Male gesehen. Ihr Geschmack wurde in Marias Büchern als ebenso süßlich wie säuerlich beschrieben. Saftig sei sie, hieß es dort, wie keine Frucht sonst und werde zu vielerlei Heilzwecken von den Bewohnern der tropischen Länder eingesetzt. Solch eine Frucht einmal mit eigenen Händen ernten! Den Busch sehen, an dem sie wächst, die Tiere beobachten, die darauf leben. All das festhalten mit den wunderbaren Farben, in denen die Natur es selbst gemalt hat.

In Maria Sibylla keimte ein wilder Plan.

Sie fragte den Händler nach dem Preis der Ananas. Halb in Furcht, halb in prickelnder Abenteuerlust umklammerte sie ihren Geldbeutel, bereit, alles darin zu geben: das Geld, das sie dem Wirt schuldeten, eine verrückt hohe, eine ruinöse Summe. Sie wollte die Frucht

Carlo bringen, seinen Kerker mit ihrem Duft füllen, den Gefangenen damit verwandeln. Und ihm eines versprechen: Wenn eine Frau dich falsch beschuldigen kann, kann eine andere mit einer falschen Aussage dich retten. Ich werde behaupten, mit dir zusammen gewesen zu sein, die ganze Nacht, wenn es nötig ist. Und ehe die Büttel mich greifen wegen Ehebruchs, werden wir gemeinsam fliehen. Erst nach Frankfurt zu meiner Familie, von dort in die Niederlande und von dort aus überall hin. Am liebsten in die Neue Welt. Nur du und ich.

Sie sah sich schon am Gitter stehen und ihm die Botschaft durch die Stäbe zuhauchen. Sie sah sich einen Brief schreiben, mit hastiger Feder die Botschaft hinkritzeln, die ihr bisheriges Leben von Grund auf verändern würde. Sah sich ihr schlafendes Kind auf die Stirn küssen, das Reisebündel schon in der Hand, oder nein, sie würde Lenchen mitnehmen, den traumwarmen Körper an sich reißen, mit der Kleinen auf dem Arm fliehen, den ganzen Weg. Carlo würde sie beide an der nächsten Poststation treffen.

Der Händler nannte den Preis. Er wandte sich ihr zu, um ihr Gesicht zu sehen, die Hände in die fetten Hüften gestemmt, nicht unfreundlich, aber in herablassender Gewissheit. Ihr Kleid war vornehm, teuer aber war es nicht, der Stoff gut, jedoch abgetragen und der Spitzenkragen weder breit noch modisch. Sie trug keine Steine an der dünnen Goldkette um ihren Hals und keine Broschen. Und sie war alleine hier. Er kannte seine Kundschaft und wusste die Zeichen zu deuten.

»Oh«, hauchte Maria und ließ ihre Börse zurück in die Tasche gleiten. Es war nicht genug darin; es würde nie genug sein. »Danke«, brachte sie mit Mühe hervor und schaffte es gerade, sich von dem Stand zurückzuziehen, ohne zu stolpern oder sich sonst wie zu blamieren. Der Händler wischte sich die Hände an einem Tuch ab und wandte sich einer Magd aus gutem Hause zu, die nach Rosinen aus Italien fragte.

Eine Weile später stand sie vor dem Loch, drei Äpfel in der Hand und ein Brot, um es dem Stuckmeister aus Italien zu bringen, dazu ihre brennende Botschaft im Herzen. Ihr waren die Hände nicht gebunden, sagte sie sich. Sie war in der Lage, alles zu tun.

Der Lochwirt griff sich eine ihrer Früchte und biss krachend hinein, ehe Maria protestieren konnte. »Der Italiener ist nicht zu sprechen«, sagte er kauend. »Aber ich bring ihm das hier, wenn Ihr ein paar Münzen drauflegt.«

Maria starrte in sein rohes Gesicht und brachte nicht eines der Worte über die Lippen, die zu sagen sie gekommen war.

20

Lange saß die Malerin auf der Mauer ihres Gärtleins unterhalb der Burg, ohne zu ahnen, dass es just dieselbe Stelle war, an der die Nachbarin vor wenigen Tagen noch ihren Andreas mit einer anderen beobachtet hatte. Es war ein sonniges, bemoostes Stück Sandstein, hinter dem sich Blumen und Gemüse friedlich die schmalen Reihen teilten. Maria zerbröselte zerstreut das Brot und warf einer wachsenden Schar von Vögeln die Krumen hin, ohne ihnen einen Blick zu gönnen. Kreischend schlugen Spatzen und Tauben sich um die Brocken, auch ein paar Finken waren dabei und ein Eichelhäher, dem die anderen vorsichtig, aber nie lange auswichen.

Maria kämpfte mit sich. Sie, die es eben noch für gar nicht absurd gehalten hatte, für einen fremden Mann einen Meineid zu schwören und mit ihm bis ans Ende der Welt zu flüchten, sie brachte es jetzt nicht mehr über sich, einen Brief an den Rat zu senden. Sie war erschöpft von ihrer Sünde in Gedanken und ernüchtert von ihrem Versagen vor der Realität. Sie fühlte sich unendlich müde. Sich wegwerfen für einen Mann, auf Abenteuerfahrt gehen? Märchen, die die Herzen unreifer Mädchen höherschlagen lassen. Wie hatte all dies sie noch eben so wild bewegen können?

Aber nun war es ja vorbei. Sie sollte nach Hause gehen und weiterarbeiten, Stickvorlagen für die Jungfern schaffen. Wenn der Haushalt gemacht und die Kinder versorgt waren, dann musste gestickt werden, bis die Finger steif wurden, damit die Frauen nicht auf dumme Gedanken kamen durch Müßiggang. All die Blüten und Bordüren, die Kissen und Servietten, die Säume und Verzierungen: eingefangene weibliche Energie, zu Sinnlosigkeit geronnenes weibliches Leben.

Sie hatte immerhin ihre Insekten.

Maria war bereit, von der Mauer herunterzurutschen und das Joch wieder auf sich zu nehmen, als ein Schatten über sie fiel.

»So müßig am hellen Tage, Gräffin?«, fragte der Diakon. Er schaute sie mit gerunzelter Stirn an, wie sie da hockte, mit baumelnden Beinen wie ein Kind. »Sind die Vögel auch ein Gegenstand Eurer Forschungen?«

Sie errötete leicht, sprang mit einem Hops auf die Füße und zog ihr Kleid zurecht. »Ich sehe Gottes Schöpfung in ihnen«, sagte sie. »Mit Demut und Bewunderung. So gesehen bete ich.«

Er verzog den Mund. »Euch täte ein wenig mehr Beten in der Kirche besser, und weniger Philosophiererei. Mit dem Denken lobt man Gott nicht und kommt ihm auch nicht nahe. Mit dem Glauben allein nähert man sich dem Herrn. In Demut, Gräffin, wie Ihr sagt. Mit gebeugtem Rücken und der Bitte um Gnade.«

»Dann will ich das jetzt tun.« Sie versuchte das Gespräch abzukürzen und wollte sich an ihm vorbeidrücken. Plötzlich fühlte sie sich gepackt.

Mit seiner kräftigen Pranke, seiner Bauernhand, die ihren Arm mühelos umspannte, hielt er sie fest. »Versündigt Euch nicht, Gräffin. Zeigt Respekt.« Seine Stimme war leise.

»Wem gegenüber, Herr Heuchlin – oder sollte ich sagen: Philander Rittersporn?« Sie spielte auf seine literarische Eitelkeit an, indem sie seinen Künstlernamen bei den Pegnitzschäfern nannte. »Dem Herrgott oder Euch?«

Er bleckte die Zähne, und sie roch für einen Moment seinen kranken, müden Atem. Dann ließ er sie los.

Maria blieb aufrecht stehen und blinzelte. Mehrfach streifte sie sich über den Rock, ganz mechanisch und bemüht, ihre Fassung wiederzuerlangen. Es dauerte eine Weile, bis sie begriff, dass es tatsächlich ihr Name war, der über die Gasse klang.

21

»Frau Gräffin, Frau Gräffin.« Mit hochrotem Gesicht keuchte Anna heran. »Frau Gräffin, ein Amtsdiener war da. Und er sagt, Ihr sollt zum Lochschöffen kommen, ohne Verzug. Er will mit Euch reden, sagt er.«

»Pscht, Anna, ist ja gut.« Erschrocken zog Maria Sibylla die alte Magd an sich heran. »Wann ist das gewesen?«

Die Alte schaute sie mit schreckgeweiteten Augen an. »Noch keine halbe Stunde her. Ich hatt eben das Reisig für den Ofen gebündelt. Und die Suppe kocht noch nicht.«

Maria ließ sie los und strich ihr über den Arm. »Ist ja gut«, sagte sie, so ruhig sie konnte. »Es wird nur wegen der Toten sein, die ich gefunden hab.«

»So ein schlechtes Omen auch«, jammerte Anna, die hinter ihr herlief, als Maria sich in Bewegung setzte. »So ein Unglück zu all dem anderen. Das hätt net sein müssen. Ach, ach.« In ihrem Kummer bekreuzigte sich die Alte wieder und wieder. Der ganze Milchmarkt war leer. Bis hinüber zum Dürerhaus: keine Magd, kein Kind, kein offenes Fenster trotz der Wärme heute. Maria fragte sich, ob die anderen es ebenso sahen wie Anna, ob tatsächlich der kalte Schatten der Toten wie ein böses Omen auf ihrem Haus lag.

»Ich werde mich umziehen, Anna. Bitte hol mir das Barchentkleid heraus, mit dem ich immer zu Imhoffs gehe.«

»Aber …«, wandte die Magd ein. »Er hat gesagt: unverzüglich.«

Maria Sibylla bemühte sich um ein Lächeln. »Dafür wird es schon noch reichen, Anna. Ich will doch nicht wie eine Landstreicherin aussehen.« Oder als würde ich damit rechnen, von dort direkt ins Loch zu wandern, ergänzte sie im Stillen. Einen Moment lang musste sie sich selbst in Erinnerung rufen, dass sie gar nicht wirklich ein falsches Geständnis für den Italiener abgelegt hatte, nicht laut vor allen Leuten. Und dass jetzt nicht die Schergen kamen, da sie den Ehebruch ja nicht wirklich begangen hatte, nur in ihrem Herzen. Maria war außer Atem, als sie im Schlafzimmer ankam. Sie trat an die Truhe und holte den Spiegel heraus, den Andreas ihr zur Hochzeit geschenkt hatte, ein schönes Stück mit einem Griff aus getriebenem Silber, zwei Putten hielten das Glas, von Blumen umrankt. Viel zu teuer, wie all seine Geschenke, aber damals wusste sie das noch nicht. Sie hängte ihn an einen Nagel an der Wand und holte aus der Truhe das Intarsien-Schächtelchen, das sie von ihrer Mutter erhalten hatte und diese wiederum von ihrer. Es war aus Sandelholz, aber inzwischen so alt und durch so viele Hände gewandert, dass es nur noch nach den Kräutern duftete, die Anna zwischen die Laken legte, um Ungeziefer fernzuhalten. Mit vorsichtigen Fingern nahm Maria Sibylla ihr Ohrgehänge heraus und steckte sich ein Stück nach dem andern an. Die Perlen zitterten unter ihren Händen. Im ersten Moment kühl, dann rasch erwärmt schmiegten sie sich an ihre Wangen. Maria wandte den Kopf hin und her, die eigenen, ernsten Augen fest im Blick.

Sie war nicht schön. Sie war nicht mehr jung. Man sah ihr die Sorgen an. Aber da war noch etwas anderes. Carlo hatte es ein wildes Herz genannt. Sie kannte es selbst noch nicht, dieses verborgene Ich, wusste noch nicht, was es wert war. Maria wollte ihm zulächeln, doch sie schaffte es nicht. Stattdessen kam ein Aufschluchzen über ihre Lippen, und sie schlug rasch die Hand vor den Mund. Als sie Annas Schritte sich nähern hörte, wischte sie sich energisch über die Wangen und wandte sich mit Schwung um. »Danke«, sagte sie unnötig laut. »Komm, hilf mir mit der Schnürung.« Sie stieg in das voluminöse Kleid, das sie mit seinem weiten Rock, dem engen Oberteil und den gebauschten Ärmeln umgeben würde wie einen Kämpfer sein Harnisch. Gerüstet, so fühlte sie sich jedes Mal, wenn sie es anzog. Gerüstet mit Wohlanständigkeit, modischem Genügen und ein wenig Weiblichkeit. Sie zupfte an den Ärmeln herum, bis sie sich aufstellten. Anna holte die Spitze aus dem Halskragen und an den Manschetten hervor. Diese war nur schmal, aber von guter Qualität, abgeschnitten vom Brautkleid ihrer Mutter.

»Mein Bettelkleid«, sagte Maria und verzog das Gesicht. Dies war der Aufzug, in dem sie in die großen Bürgerhäuser ging, um ihre Aufwartung zu machen. Im Grunde genommen, um nach Aufträgen zu fragen – ihre Gastgeber wussten es so gut wie sie. Um zu betteln, dachte sie voll Verachtung, wenn auch darüber niemand ein Wort verlor und man ihr gewürzten Wein aus den eigenen Kontoren vorsetzte und die neuesten Anschaffungen vorführte, damit sie als Künstlerin ihre Meinung dazu abgab.

»Keine Sorge.« Sie tätschelte Anna, die vor Angst ganz klein aussah, die Wange. »Er wird nur noch einmal schriftlich festhalten wollen, was ich gehört und gesehen habe, als ich die Leiche fand. Das gehört zum ordentlichen Prozess. Ich bin ja nicht angeklagt, Annchen.«

»Geb's Gott«, murmelte die Alte.

»Maria!« Das war Andreas. Die Tür schlug an die Wand, so heftig trat er ein. Unwillkürlich zuckte Maria Sibylla zusammen. Sie nahm ihr durchscheinendes Umschlagtuch und drapierte es mit bebenden Händen über ihr vom Kleid halb frei gelassenes Dekolleté. Die Schleife, mit der es vor dem Hals gebunden wurde, wollte und wollte ihr nicht gelingen.

»Vorsicht!«, rief sie, als Andreas sie bei den Schultern nahm.

»Was hast du getan?« Seine Stimme war dramatisch.

Unwillig schüttelte Maria seinen Griff ab. »Ich?«, fragte sie und versuchte das Beben ihrer Stimme zu verbergen. »Ich soll etwas getan haben?«

Er zwang sie, sich umzudrehen. »Ich arbeite und arbeite, damit wir in Nürnberg auf einen grünen Zweig kommen. Und kaum habe ich es geschafft, da ... Dein Name wurde im Rat genannt.«

»So?«, fragte sie und kramte betont aufmerksam im Sandelholzkästchen nach der Brosche, mit der sie das Tuch am Kleid zu befestigen pflegte. »Und du weißt neuerdings, was im Rat geredet wird?« Sie konnte nicht anders, sie verzog das Gesicht. Da hintertrug einer etwas dem Graff, wenn dieser getrunken hatte, und lachte sich dann wahrscheinlich krumm, wenn er dann bleich nach Hause rannte. Aber um seiner Frau Ärger zu bereiten, reichte es allemal. »Andreas, bitte.« Sie wollte sich endgültig losmachen, um ihren Aufzug zu beurteilen.

Zu ihrer Überraschung packte er sie an beiden Handgelenken und zwang sie, sich zu ihm umzudrehen. »Ich versuche, uns etwas aufzubauen.« Er knirschte mit den Zähnen.

In Maria siegte die Wut. »Wann?«, fragte sie. »Als du den bestellten Prospekt für die Behaims nicht zu Ende gestochen hast? Oder neulich im *Frohen Prediger*? Oder bei deinem Geschäftsfreund Hoffmann? Ach, sag doch, Andreas, wenn du beim Verleger Hoffmann schon ein und aus gehst: Hast du da mal eine Magd mit Namen Beata getroffen? Jung und blond und hübsch? Sie wäre dir aufgefallen.«

Ihr Mann ließ sie los. Völlig konsterniert starrte er sie an. »Da gibt es keine solche Magd«, stotterte er. »Von der habe ich nie gehört.«

»Das lügst du, Andreas.« In ihrer Stimme lag Triumph. Sie war sich sicher. Sie sah es immer, wenn sein Blick wegflatterte von ihrem, wenn die Muskeln um den Mund sich verzogen und seine Linke an der rechten Hemdmanschette zu zupfen begann wie eben jetzt. Er log sie an! Mit Mühe musste sie sich beherrschen und sich selber sagen, dass der Wirt des *Frohen Predigers* ihn von jeder Schuld freigesprochen hatte. »Und doch gibt es sie.«

»Bist du jetzt völlig verrückt geworden?« Er holte tief Luft. »Maria!« Seine Stimme wurde weicher. »Maria, was ist nur los? Das sind doch nicht wir!« Er griff nach ihrer Hand. Da war es wieder, der kindliche Klang, die Weichheit in seinen Augen. Wie oft hatte er ihr so schon kleine Dummheiten gebeichtet. Und anfangs hatte sie immer gemeint, ihn dafür nur umso mehr lieben zu müssen.

Jetzt schloss sie die Augen. »Andreas«, sagte sie müde. »Wenn irgendwas geschieht. Wenn das Schlimmste passiert: Denk dran, dass der Wirt vom *Frohen Prediger* dir ein Alibi geben kann. Hier.« Ihr fiel ihre Börse ein, in der noch das Geld lag, das sie nicht für die Ananas ausgegeben hatte, nicht für ihre große Flucht. »Nimm und bezahl ihn. Und sprich ihn drauf an, dass er sich auch erinnert, wenn ihn einer fragt.«

»Maria«, stammelte Andreas.

Aber sie ging an ihm vorbei zur Tür hinaus.

»Ach Gott, ach Gott.« Anna stand auf dem Treppenabsatz, sie hatte nicht aufgehört zu jammern.

»Also wirklich, Annchen.« Maria Sibylla bemühte sich um einen leichten Ton. »Jetzt werde ich aber bald ernsthaft böse. Wenn der Herrgott mich holen kommt, erfährst du es als Erste.«

»Damit macht man keine Scherze«, rief die Magd erschrocken aus.

Ihre Herrin aber rauschte mit gerafften Röcken die Treppe hinunter und schlug unten die Tür hinter sich zu. An der frischen Luft atmete Maria kurz auf. Im tiefsten Inneren ihres Herzens gab sie Anna recht.

22

Ein junger Mann mit aufgescheuerten Jackenärmeln, in dem Maria einen aufstrebenden Konsulenten vermutete, wies sie an, in einem Vorzimmer auf den Rat zu warten, da der Herr Lochschöffe noch beschäftigt sei. Maria nahm auf einem hölzernen Stuhl Platz und sprang bald wieder auf, tigerte in ruhelosem Auf und Ab an der dunklen Wandvertäfelung entlang, die sie von ferne an Chorgestühl erinnerte. Die Zeit zog sich endlos, einmal hörte sie die Glocken der Frauenkirche und kurz darauf die von Sankt Sebald läuten, sie fragte sich schon, ob sie ewig so warten sollte, als plötzlich die Tür aufging.

»Dr. Peller!«, rief sie überrascht aus.

Maria Sibylla sah mit Erschrecken, in welch schlechtem Zustand sich der Arzt befand. War er damals auf dem Johannisfriedhof schlank gewesen, so fand sie ihn jetzt mager. Auf seiner Jacke waren Flecken. Seine Perücke, die bei ihrem letzten Treffen schon recht zerzaust gewirkt hatte, saß nun schief über der Stirn, auf der in großen Tropfen der Schweiß stand. Peller schien sie nicht zu erkennen, ließ sich aber von ihr zu einem Stuhl führen, wo er mit zitternden Knien auf den Sitz sank. Eine Zeit lang starrte er vor sich hin, er schien gar keine Notiz von ihr nehmen zu wollen. Allerdings murmelte er ständig etwas vor sich hin, was klang wie »Nein, nein, nein.« Aber es war so leise und undeutlich, dass Maria Sibylla sich ebenso gut geirrt haben konnte.

»Herr Doktor ...« Sie rüttelte ihn und fasste seine Hand, die heiß war und trocken. Maria Sibylla war keine Ärztin, aber sie konnte den fliegenden Puls an seinem hageren Handgelenk überdeutlich fühlen und wusste, dass sein unruhiger Schlag kein Zeichen von Gesundheit war. »Herr Dr. Peller, geht es Euch nicht gut?«

Endlich schaute er ihr ins Gesicht. Sein wirrer, erschreckend dunkler Blick klärte sich langsam, und zu ihrer Erleichterung trat wieder der freundliche, gelassenkluge Ausdruck in seine grauen Augen, den sie schon beim ersten Mal an ihm gemocht hatte.

»Die Forscherin«, sagte er langsam. Dann besann er sich und zog den Hut, um so etwas wie eine Begrüßung anzudeuten. »Seid gegrüßt, Frau Gräffin. Es tut mir leid. Ein Fieber. Es ... es packt mich manchmal, seit ich von der Reise zurück bin.« Er lächelte. »Die fernen Länder haben uns nicht nur schöne Wunder zu bieten.«

Ehe Maria ihn fragen konnte, wo er denn gewesen sei und ob sie etwas für ihn tun könne, zuckte er wieder zusammen und verkroch sich in sich selbst. Es sah aus, als würde der große Mann mit einem Mal hohl und klein. Sie legte ihm die Hand auf die Stirn in der Hoffnung, ihm ein wenig Kühlung zu gewähren, denn ihre Finger waren eiskalt.

»So hat man Euch denn auch herbestellt.« Er lächelte sie von unten herauf an. »Unseres kleinen ...«, er suchte nach dem richtigen Wort, »... Abenteuers wegen. Bitte.«

Er griff nach ihrer Hand, um sie wegzuschieben, und sie zog sie eilig an sich, da sie ihm nicht lästig werden wollte. »Ja«, bestätigte sie. »Eben drum, wie ich vermute.«

Peller nickte versonnen. Lange starrte er in eine Ecke, bis er wieder die Konzentration zum Weitersprechen fand. »Nun, der Rat ist nicht in bester Stimmung, fürchte ich. Mein Bericht hat ihn wohl ...« Peller verstummte, sein Blick wanderte unstet im Zimmer herum.

Maria konnte nicht anders, als ihn zu bemitleiden. Auch wenn sie selbst von Pellers unsinniger Diagnose überrascht und nicht wenig enttäuscht gewesen war, so konnte sie sich doch vorstellen, wie Nützel in seiner ebenso trockenen wie verletzenden Art mit einem ihm unfähig erscheinenden Arzt umsprang. »Ach, hört nicht auf ihn«, sagte sie und legte Peller die Hand auf die Schulter.

Er wandte sich ab. »Es ist nicht ...«, Peller wirkte so gequält, dass in Maria ein Verdacht aufstieg, der sofort von ihren eigenen Ängsten befeuert wurde. Sie war lange genug in diesem Raum auf und ab marschiert, um sich das Schlimmste vorstellen zu können. Behutsam ging sie in die Knie, um ihm in die Augen sehen zu können. »Herr Doktor, hat man Euch etwa unter Druck gesetzt?« War es das? Bei dem Gedanken schlug ihr Herz schneller. Sie hob fragend die Brauen. »So redet doch. Mir könnt Ihr vertrauen.«

Peller wand sich. Mit der Faust vor dem Mund unterdrückte er einen Husten, der nur in einem heiseren Keuchen hervorkam, dann senkte er die Hand und schaute sie mit leerem Blick an.

Hatte man mit Bedacht einen kranken Arzt wie ihn gebeten, diese Leichenschau vorzunehmen? Einen ohne Bürgerrecht, der abhängig war von den Zuwendungen eines eingesessenen Bürgers? Lautete daher die von ihm festgestellte Todesursache »Schlag«? War das gar nicht Pellers freie Entscheidung gewesen? »Sagt«, bedrängte sie ihn und griff nach seinen Händen. »Ich will Euch bestimmt nichts Böses. Bin ich doch in derselben schlimmen Lage wie Ihr.«

Er schaute sie lange an, so als wollte er sich alle Einzelheiten ihres Gesichts einprägen. »Wunderschön«, sagte er so leise, dass Maria erst dachte, sie habe nicht richtig verstanden.

»Was sagt Ihr?«

»Wunderschön.« Jetzt lächelte er wieder. »Die Gärten des Dr. Volkamer. Menschen wie Ihr und ich, wir wissen so etwas zu schätzen.«

»Aber ...«, begann Maria.

»Sch, schsch.« Er griff nach ihren Händen und tätschelte sie wie bei einem Kind. Dann neigte er sich vor und flüsterte ihr etwas ins Ohr.

Da wurde die Tür aufgerissen. »Maria Sibylla Gräffin, Frau des hier ansässigen Malers und Stechers Johannes Andreas Graff.«

Sie richtete sich auf und raffte ihre Röcke um sich. Mit einem letzten Nicken grüßte sie Peller zum Abschied. Zugleich sagte sie laut: »Anwesend.« Ihre Beine fühlten sich an, als gehörten sie nicht ihr selbst. Dann trat sie ins Zimmer des Rats.

Sie hatte erwartet, Nützel gegenüberzustehen, Bärbels Vater, diesem kleinen, von der eigenen Bedeutung erfüllten Mann. Stattdessen sah sie sich einem Fremden gegenüber, groß, mit fülligem Gesicht, attraktiv und eine Spur verkommen. Mit braunen Augen und einem Lächeln, um dessen Wirkung er wusste, schaute er sie an. »Guten Abend, Gräffin«, sagte er. »Ich freue mich, Euch endlich persönlich kennenzulernen. Mein Name ist Hoffmann.«

Im selben Moment hörte Maria ein Hüsteln. Es kam von Nützel. Auch er war da, hockte auf einem hochlehnigen Stuhl in einer Ecke, hielt sich die Hand vor den Mund und sah unglücklich drein.

23

Johanna Helena saß eng an die Knie der alten Magd geschmiegt auf dem Küchenfußboden und starrte in die Flammen. Sie liebte das Spiel des Feuers, das aufflammende Orange, das sich blähte und atmete, im Herzen einen Funken Blau, der zu pulsieren schien, hierhin und dahin wandernd, wachsend und schrumpfend, glühende Ränder um die schwarzen Kohlen malend, die aufblühten wie Ketten kleiner Perlen und zu dem sanftesten Weiß der Welt zerfielen, zu frischer Asche. Als sie kleiner war, hatte Johanna diese flaumigen Ränder einmal anfassen wollen und streicheln wie die Kätzchen, die sich in der späten Nacht einkuschelten am leicht abgekühlten Rand der Asche, aus der sie morgens schmutzig bestäubt aufstanden. Aber die Ränder hatten gebissen. Sie trug ein Mal noch am linken Zeigefinger. Mama küsste ihn abends manchmal und sagte, das sei nicht schlimm, sie könne Pinsel und Griffel noch immer gut damit halten. Manchmal fühlte Johanna sich dann gut und ließ sich bestätigen, dass sie auf jeden Fall einen Bräutigam abbekommen werde. Manchmal fühlte sie sich klein und dachte bei sich, dass sie nie so gut malen würde wie ihre Eltern. Das lag ihr einfach nicht, sie hatte keinen Spaß dabei. Und dann fragte sie sich ein wenig bang, ob die Eltern sie wohl trotzdem immer lieben würden. Mamas Lippen auf ihrem Finger schienen das aber jedes Mal aufs Neue zu versprechen.

Jetzt war Johanna groß, aber noch immer zog das Feuer sie an. Ihre Mutter hatte ihr erklärt, das sei bei allen Menschen so, von den Wilden bis zu den größten Künstlern.

Aber ihre Mutter war nicht da. Dabei war bereits Schlafenszeit, Johanna trug schon das große weiße Nachthemd aus festem Stoff, in das sie jeden Abend schlüpfte und wegen dem ihr Vater sie manchmal »Täubchen« nannte. Ihr Vater war auch nicht da, aber das war normal.

»Anna, wo ist Mama?«

»Ich weiß es nicht, mein Kind.«

Johanna kuschelte sich fester an das Knie der Amme. Sie war es gewohnt, dass Anna nicht viel wusste. Anna glaubte doch tatsächlich an Kobolde und Gespenster und dachte, Schmetterlinge wären Hexen in Tiergestalt, die gekommen waren, um die Butter zu verderben. Anna dachte auch, Nürnberg sei der Mittelpunkt der Welt und hinter den Meeren gebe es nur Wildnis und Pestilenz. Mama hatte ihr erzählt, dass das anders war. Sie hatte die großen Bücher für sie aufgeschlagen und ihr seltsame Tiere gezeigt und wunderbare Blumen. Eine Schlange war da gewesen und eine Spinne mit Haaren drauf. Wenn sie von der erzählte, konnte sie Anna zum Kreischen bringen. Johanna hätte das Buch jetzt gerne geholt. Aber sie durfte nicht allein in Mamas Zimmer. Und Mama war nicht da.

Als sie es meldete, hatte Anna geklungen, als würde die Welt untergehen. Das gab der Abwesenheit von Mama eine völlig neue Bedeutung. Noch konnte Johanna deren Umfang nicht ganz ermessen. Aber sie schien ihr groß, sehr groß und schwarz zu sein und aus den Ecken des Raumes auf sie zuzukriechen, und undeutlich ahnte sie, dass sie sich in einen Abgrund verwandeln könnte, in den zu stürzen ihre Welt zum Zusammenbruch bringen würde. Rasch schaute sie in die Flammen und blinzelte. Alles war wie immer.

»Das ist sie«, rief sie, als sie das Klopfen am Tor hörte und sprang auf.

Aber Anna zog sie zurück. »Sie hat doch die Schlüssel«, wandte sie ein. Was sie nicht sagte, war, dass der Ton seltsam geklungen hatte. Das war kein Pochen von Menschenhand gewesen, weder höflich noch entschlossen. Anna wusste, wie die Lieferanten klangen, die Nachbarn, die Schülerinnen und auch die Gläubiger. Sie kannte vielerlei Klopfen, aber das hier war ihr neu. Hart war es gewesen, unstet dabei, metallisch im Nachhall. »'s ist kein Mensch«, flüsterte sie und schlug das Kreuzzeichen. Zur Sicherheit drei Mal.

Johanna Helena machte große Augen. »Ein Kobold?«, fragte sie. Ihre Stimme kiekste vor Aufregung. »Oder ein Toter, der wiederkommt?«

»Geh, wo hast du nur so einen Unfug her«, sagte Anna barsch und gab ihr eine Kopfnuss, wenn auch mit schlechtem Gewissen. Hatte sie doch oft genug selbst derartige Geschichten erzählt, zuletzt der Nachbarsmagd, die gekommen war, ihr beim Absengen der Federn einiger Krammetsvögel zu helfen, die Maria geschenkt bekommen hatte. Damals war's um einen Kutscher gegangen, den Räuber erschlagen hatten und der in der Nacht an die Türen der Poststationen kam, um anzuklopfen. So lange, bis er in einem Wirtshaus seine Mörder fand, die blass vor Furcht alles gestanden und verhaftet wurden. Hatte das Kind damals doch heimlich zugehört! Anna seufzte. Aber schlimmer als ihr schlechtes Gewissen war die Furcht, genauso könne es sein: dass die Herrin als bleicher Schemen draußen stand und klagend nach ihrem Kind verlangte. Ach, hätte sie den Diakon neulich doch nur Weihwasser segnen lassen. Und hätte sie ihn doch nicht in das Zimmer der Herrin geführt, als ihre Präparate offen auf dem Tisch lagen. Vielleicht war es ja ein Fluch, den der geistliche Herr ausgesprochen hatte, als er all die Tierleichen sah. Hatte er gebetet, hatte er einen Bannspruch getan, der sie jetzt traf? Und sie, Anna, hatte alles falsch gemacht! Oder war das vorhin nur ein Frühlingsgeist, der alte Frauen neckte, wenn sie des Nachts ihren Kopf zur Tür hinaussteckten?

»Dummes Ding!«, schimpfte sie Johanna Helena und schubste sie, zog sie dann aber gleich wieder an sich. »Ach, du armes, armes Kind. Was soll nur aus uns werden?«

»Wir müssen die Mama reinlassen.« Johanna wollte aufstehen.

»Das ist nicht die Mama.« Anna sprach mit Grabesstimme.

Da, da war es erneut, das Klopfen, dann ein Rascheln, als striche etwas über Holz. Und da, waren das Stimmen? Flüstern? Füße auf dem nackten Grund? Es trappelte, es rappelte.

»Die Kobolde!«, rief Johanna Helena. »Die will ich sehen.« Sie zog und zerrte so lange an den Röcken der Magd, bis die endlich nachgab. Am Ende war's der Herr, wieder betrunken, und es fiel auf sie, wenn sie ihn draußen liegen ließ. Alles machte sie falsch, die alte Anna, würde es heißen. Brummelnd, abwechselnd sich bekreuzigend und beruhigende Worte murmelnd, schlurfte sie zur Tür. Das Kind schlenkerte die Lampe, dass ihr Schein über die Flurwände flitzte. Lenchen tanzte um die alte Magd herum, verlor aber im letzten Moment den Mut und versteckte sich hinter Annas Schürze. Wenn's ein Leichnam war, durfte sie ihm nicht in die toten Augen sehen, sonst kam er sie in ihren Träumen holen. Das wusste jeder.

»Iiiiiiih!«, kreischte sie in ohrenbetäubendem Diskant und schlug sich die Hände vor die Augen, noch ehe Anna überhaupt den Schlüssel gedreht und das Tor aufgedrückt hatte. Sie übertönte das Quietschen, mit dem die Tür aufschwang.

Stille. »Anna?«, fragte Johanna Helena und linste durch die Finger. Vor der Tür war alles dunkel, nur in einigen Fenstern gegenüber sah man Licht flackern. Niemand stand im Lichtkreis der Lampe, die Anna nun hochhielt.

»Ich weiß nicht ...«, begann die Magd. Da sah sie es. »Jesusmaria!« Sie umschlang das Kind und drückte es fest an sich.

Johanna Helena wollte noch einmal schreien. Aber diesmal kam kein Laut aus ihrer Kehle. Fassungslos stand sie vor der Tür, an die jemand einen großen schwarzen Vogel genagelt hatte. Seine Schwingen waren ausgebreitet, sein Kopf hing herab, und vom Schnabel löste sich eben ein letzter Blutstropfen.

»Was ist denn hier los?«, fragte eine müde Stimme.

»Mein Gott!« Anna erschrak so sehr, dass sie nicht mehr herausbrachte.

Mit blassem Gesicht trat Maria Sibylla Merian aus dem Dunkel.

24

»Mama!« Jetzt schrie Lenchen doch. Aufweinend stürzte sie sich auf ihre Mutter und umklammerte ihre Knie so heftig, dass Maria Mühe hatte, auf den Beinen zu bleiben. Sie umarmte das Kind, bis es sich ein wenig beruhigt hatte, dann schob sie es der Magd zu und richtete sich wieder auf. Mit wenigen Bewegungen nahm sie den Vogel von der Tür ab, wendete ihn dann in ihren Händen hin und her. »Eine Saatkrähe«, sagte sie, als wäre es das Wichtigste gewesen, das Tier zu bestimmen. Sie betrachtete den Schnitt, der durch die Kehle des Vogels ging und den Kopf fast abgetrennt hätte. »Halt die Lampe höher, Anna.«

Im Lichtschein sah sie einige Maden sich in der Wunde winden. »Die sehen vielversprechend aus. Hol mir eine Kiste, Anna.« Sie wandte sich um und ließ ihren Blick im Kreis wandern, als hätte sie einen Ring von Zuschauern um sich gesammelt. »Dann hat das nette Präsent unserer Nachbarn doch wenigstens einen Nutzen.«

»Ihr wollt das Ding doch wohl nicht aufheben?«, fragte Anna entgeistert. Doch zumindest war das hier nicht mehr gespensterhaft, sondern höchst vertraut. Schon auf halbem Weg in die Vorratskammer schimpfte sie beruhigt vor sich hin: »In meine Küche kommt mir das Ding aber nicht.«

»Ich befestige ein Netz über der Kiste und stell sie in den Hof«, versprach Maria. Dann wandte sie sich an ihre Tochter. »Und du? Solltest du nicht längst im Bett liegen?«

»Du warst nicht da.« Lenchen war schon wieder ruhiger. Neugierig stupste sie mit den Fingern die Flügelspitzen der Krähe an, die so schöne blauschwarze Federn hatte. »Wo warst du?«

Maria seufzte. Darüber wollte sie nicht sprechen, nicht heute Abend. »Schlüpf unter die Decke. Ich komme gleich.«

»Mama?«

»Ja?«

»Behältst du die Ohrringe an? Ich mag es, wenn sie schaukeln.«

Maria versprach es. Sie trat an den Herd und setzte Wasser auf für einen Kräutersud, der sie beruhigen sollte, immer verfolgt von Annas wachsamem Blick. »Hast du gesehen, wer es war?«, fragte sie nebenbei.

Anna schüttelte den Kopf.

»Macht nichts, wir wissen ja, wer sie dazu angestiftet hat.«

»Ich ...« Anna war drauf und dran, die Sache mit dem Diakon zu beichten, dass sie ihn ein wenig herumgeführt hatte gegen sein Versprechen höheren Heiles.

Aber Maria Sibylla winkte ab. »Die beruhigen sich auch wieder.«

»Wird das noch schlimmer?«, fragte Anna.

Maria tauchte die Hand in das warme Wasser. Ach, das tat gut. »Kann es denn noch schlimmer werden?«, fragte sie.

In diesem Moment knarzte die Tür erneut. Sie hörten schon am schweren Schritt, dass Andreas Graff nicht nüchtern heimkehrte. Er redete vor sich hin und schrammte die Flurwände entlang. Als er in der Küchentür stand, schaute er von einer zur anderen. »Was sind denn das hier für trübe Gesichter!« Gleich darauf winkte er ab, seine Miene verzog sich. »Immer sind hier so trübe Gesichter. Gar kein Spaß. Gar kein Grund zum Feiern!« Das letzte Wort schrie er beinahe – und hatte seinen Kummer auch schon wieder vergessen. Er wankte herein, um nach dem Krug zu suchen, in dem immer etwas Weinbrand war.

Maria Sibylla stellte sich ihm in den Weg. »Du solltest schlafen gehen«, sagte sie.

»Ich«, antwortete er und dachte eine Weile nach, »ich habe dem Rat einen Stich verkauft. Eine Ansicht der Stadt.« Er rülpste. »Jawoll. Von Johann Andreas Graff.« Pathetisch schrieb er es mit der Hand in die Luft, als graviere er es für die Ewigkeit.

»Das ist schön«, sagte sie wie zu einem Kinde.

Er ließ die Schultern hängen und wandte sich ab. »Und du, Marie ...«

Seine Frau zuckte zusammen, denn diese Koseform hatte er bislang nur in ihren vertrautesten Momenten gebraucht. Sie hier in der Küche in Gegenwart der Magd zu hören, tat ihr weh.

Er tapste drei Schritte auf sie zu. »Beim Hoffmann, da gab es nie eine Magd, die Beatrice hieß oder so. Das kann ich auf meinen Eid nehmen.« Er machte Anstalten, die Schwurhand zu heben.

Maria schaute ihn an. »Ich weiß«, sagte sie, und fast hätte sie gelächelt, als sie sein verdutztes Gesicht sah. Dann aber bemerkte sie, wie er die Brauen zusammenzog und Wut seine Züge verzerrte. »Du warst beim Hoffmann«, schrie er. »Du warst beim Hoffmann, du verdammte ...« Andreas stolperte. Hatte er versucht, sie zu schlagen? Maria Sibylla wusste es nicht, instinktiv hatte sie einen Schritt beiseite getan. Er war aus dem Gleichgewicht geraten und hielt sich mit beiden Händen an der Tischkante fest.

»Geh schlafen, Andres.« Sie rächte sich mit der Liebkosung, die sie bislang für ihn aufgespart hatte. Nicht dass er es bemerken würde, dachte sie. Nicht dass er begreifen könnte, dass in diesem Moment ihre Ehe endgültig starb. Aus Zärtlichkeit war Mitleid geworden. Im besten christlichen Falle.

»Das hättest du nicht tun sollen!«, rief er noch von der Tür her. »Was hast du gemacht?«

»Gar nichts«, flüsterte Maria, nachdem er schon fort war. Als sie Annas entsetztes Gesicht sah, sprach sie weiter zur Magd, auch wenn es dieser nichts nutzen konnte, das alles zu wissen – allein um es laut auszusprechen und damit der Welt trotzig die Stirn zu bieten, sagte sie: »Ich war bei der Witwe Fürst.«

25

In dieser Nacht konnte Maria Sibylla lange nicht schlafen. Und als es ihr endlich gelang, hastete sie durch wilde Träume. Die meiste Zeit über packte sie ihre Sachen. Sie stapelte Bücher und ordnete Pergamente, die sich nicht ordnen lassen wollten und sich immer wieder über- und durcheinander schoben. Sie suchte nach Zeichenmappen, nach Instrumenten und Drucken, raffte alles zusammen und versuchte Platz dafür in viel zu wenigen und viel zu kleinen Kisten zu schaffen. Wohin es gehen sollte und warum sie überhaupt verreisen wollte, war ihr dabei niemals klar; sie stellte sich die Frage auch nicht, arbeitete nur verbissen gegen das tanzende Chaos ringsum an. Am längsten hatte sie mit den Schächtelchen zu tun, in denen ihre Präparate lagerten. Sie stellten ein kleines Guthaben dar, sollten sie doch noch verkauft werden an Forscher, Sammler und reiche Dilettanten. Aus irgendeinem Grund musste Maria wissen, was in welcher Schachtel war – oder suchte sie etwas Bestimmtes? Sie öffnete mit zitternden, ungeschickten Fingern eine widerspenstige Schachtel nach der anderen, ließ die eine fallen, zerrte an der anderen herum, zerdrückte die eine und bekam die andere nicht auf. In jeder, die sich öffnen ließ, lag etwas Totes, ein Stück schwarzer Traurigkeit: vergilbter Pelz, ein getrockneter Fühler, Flügelstaub, der seinen Glanz verloren hatte, dunkles Blut an den Flügeln einer Motte, ein blaues Tuch, das davonflog. Falter um Falter erhob sich, flatterte an ihrem Gesicht vorbei und stieg auf in die Luft, seine Flugbahn ein Kichern, sein Flügelschlag ein Gewisper. Ohne Gesichter sahen die

Schmetterlinge auf sie hinab und unterhielten sich, flüsterten und lachten. Maria duckte sich. Schutzsuchend wollte sie die Arme um sich schlagen, da griff sie auf ihrer Schulter in Staub, der Pfauenaugen formte. Nun waren sie unwiderbringlich zerstört. Entsetzt starrte sie auf ihre Finger.

»Maria? Maria, was ist?« Andreas hatte sich neben ihr aufgesetzt und schaute sie schlaftrunken an.

Sie sprang aus dem Bett, fort von ihm, fort von dem Weindunst, fort aus der engen Holzkiste. Sie öffnete das Fenster und sog hastig die kalte Nachtluft ein. Der Himmel war schwarzblau, ohne eine Spur von Morgen, und die Vögel schwiegen alle.

»Willst du uns umbringen?«, hörte sie es hinter sich brummen.

Rasch griff sie nach ihren Kleidern auf der Truhe und machte sich barfuß auf den Weg. Flur und Treppe waren finster und kalt. Erst in der Küche begrüßte sie ein Hauch von Wärme und Licht, den der dunkelorangefarbene Rest des Herdfeuers mit seiner schwarz geränderten Glut spendete.

Maria kleidete sich an, dann saß sie lange da, wie eine Statue, die Hände im Schoß gefaltet. Sie könnte das Feuer neu entfachen, sich noch einen Kräuteraufguss kochen. Aber ihr war nicht danach. Sie könnte die Lampe in der Küche entzünden und in ihr Zimmer tragen, um dort Zuflucht zu finden. Doch der Gedanke an das pochende Schlagen von Flügeln gegen geschlossene Deckel, an die Gesichter aus Staub und das Kichern von Toten, die unter der Decke schwebten, ließ sie davon Abstand nehmen. Maria Sibylla zog unwillkürlich ihr Umschlagtuch enger. Es war dieselbe Geste wie im Traum. Sie zuckte zusammen, sprang auf und wurde erst wieder ruhig, als sie dicht über die Glut geneigt ihre Hände genau untersuchte. Kein Staub und kein Schatten waren daran zu sehen. Maria rieb noch am kleinsten Fleckchen herum. Jetzt, wo sie stand, fühlte sie sich noch mehr aus der Welt gefallen. Es gab nichts, was sie hätte tun wollen, nichts, wo sie sich wohlgefühlt hätte.

Der Garten!, fiel es ihr ein. In ihrem Garten unterhalb der Burg würde sie zur Ruhe kommen. Sie kannte jedes Blatt, jedes Aroma dort. Und in bestimmt nicht länger als ein, zwei Stunden würde es hell werden. Sie könnte sich mit dem Rücken an die Sandsteinmauer setzen, auf den sandigen Fleck, den sie gern hatte, den hohen Himmel über sich betrachten, der sie nicht einsperrte, und den Duft der Melisse einatmen.

Nur sehen durfte sie auf dem Weg dorthin niemand, die Leute hielten sie ohnehin schon für verrückt. Aber wenn sie leise ging und kein Licht mitnahm ... Wer außer ihr sollte noch auf den Straßen sein? Dem Nachtwächter wollte sie schon ausweichen. Und die Männer des Viertelmeisters waren nicht so pflichtbewusst, regelmäßige Gänge zu unternehmen. Marias Entschluss stand fest. Es waren ja nur wenige Schritte. Sie zündete nun doch eine Lampe an und stellte sie an den unteren Treppenabsatz, um später beim Heimkommen von freundlichem Licht empfangen zu werden. Dann huschte sie hinaus in die Nacht.

»Kind, kannst du nicht schlafen?« Frau Fürst hielt zögernd die Lampe hoch und leuchtete in Magdalenas Gesicht. Das Mädchen hockte auf dem Boden, den Rücken an der Wand, die bloßen Füße gegen den polierten Nussbaumschreibtisch gepresst. »Du wirst dir noch den Tod holen. Da herin ist es doch ganz kalt.«

Das Arbeitszimmer ihres Mannes wurde seit seinem Tode nicht mehr benutzt. Zwar machten die Mägde noch regelmäßig sauber, aber wenn sie fertig waren mit Fegen und Wischen, dann schlossen sie sorgsam die Tür, und der Raum versank wieder in Stille. Eine Weile hatte Frau Fürst mit dem Gedanken gespielt, hier ein Zimmerchen für sich selbst einzurichten, mit netten Möbeln und Dekorationen, wo sie Freundinnen zum gemeinsamen Sticken und Klöppeln einladen konnte. Als ein Rest dieses Plans lagerte auf dem Tisch noch eine Kiste mit Klöppelgarn. Das Vorhaben hatte sich zerschlagen, und jetzt war es nur noch Magdalena, die von Zeit zu Zeit herkam und sich hier versteckte.

»Bist du schon öfter ...?«, begann Frau Fürst, brachte es dann aber doch nicht fertig, die Frage zu formulieren. Zu gruselig war der Gedanke, das Kind könnte jede Nacht hier hocken.

Als Paul Fürst, ihr Mann, sich damals umgebracht hatte, war das ein Schock für sie gewesen, wenn sein melancholisches, unstetes Wesen auch immer schon schwer über dem Haushalt gehangen hatte. Ohne ihre Verwandten hätte sie nicht gewusst, wie weitermachen. Es war schwer gewesen, das Geschäft weiterzuführen und einen Nachfolger zu finden, ihre Versorgung zu regeln und mit dem Rat zu verhandeln. Aber alles war ihr wohlgelungen, und mit den Jahren, in denen das Gesicht eines Mannes, den sie nie recht verstanden hatte, vor ihrem inneren Auge immer weiter verblasste, war das Gefühl in ihr gereift, dass sich doch alles zum Guten gewendet hatte. Alle Aufgaben waren bewältigt, die das Leben ihr gestellt hatte, und sie konnte zufrieden mit sich sein.

Auch Magdalena schien sich prächtig zu entwickeln. Sie war ein hübsches Kind gewesen, still und einfach, und war nun zu einer noch hübscheren jungen Frau herangewachsen, deren Fröhlichkeit schon mehrfach bewundert worden war. Nur die Nächte ... das heißt, Frau Fürst wusste ja nicht, ob es *alle* Nächte waren. Sie selbst schlief tief und fest und gut. Besser vielleicht, man rührte nicht daran, Magdalena schien es ja an nichts zu fehlen.

Sie betrachtete ihre Tochter, die mit ihrem zerzausten Zopf und den bloßen Füßen wieder aussah wie ein Kind. So hockte sie auch da, zusammengekrochen, die Arme um die Knie geschlungen, den Blick auf einen Punkt im leeren Zimmer geheftet, an dem nichts zu sehen war. Die Fürstin hob die Laterne höher. Nein, da war nichts, nichts als Luft und Staub, mehr, als hier sein sollte. Sie machte sich im Geist eine Notiz, mit Margarete zu schelten, der Magd, die ihre Pflichten hier nach all den Jahren wohl nicht mehr ernst genug nahm.

»Was starrst du denn so, Mädchen?« Sie stupste Magdalena mit dem Pantoffel an. »Da gibt's doch nichts. – Was sagst du?«, fragte sie nach, als ihre Tochter etwas vor sich hin murmelte.

Magdalena wandte ihr das Gesicht zu, die Pupillen so groß, dass es zum Erschrecken war. Beinahe schwarz wirkten ihre Augen und leuchteten seltsam im Licht der Lampe. Sie öffnete die Lippen, sagte dann aber nichts und lächelte nur.

Niemand hatte damals der erschütterten Fürstin im Einzelnen erklären wollen, wo genau ihr Mann sich erhängt hatte. Niemand hatte ihr den baumelnden Körper gezeigt. Als er abgenommen wurde, hatte sie unter der Wirkung eines betäubenden Tranks auf ihrem Bett gelegen. Magdalena aber hatte nicht geschlafen. Ihre Augen waren nicht blind gewesen vor Tränen, sondern trocken und weit geöffnet. Sie hatten in ihrem spiegelnden Grün das Bild bewahrt.

»Was möchtest du sehen, Kind?« Frau Fürst gähnte erleichtert, als Magdalena gehorsam aufstand und sich den Zopf erneut um den Kopf wand. Sie zupfte ein wenig herum, bis die Schlaffrisur wieder passte, gähnte erneut, laut und herzhaft. Dann machte sie sich auf den Weg zurück ins Bett. Über die Schulter sagte sie: »Was du aber auch immer treibst, Kind. Am Ende schlafwandelst du.«

»Tu ich nicht, Mama.« Magdalena hörte sich nicht anders an als jedes genervte, von der Überbesorgtheit seiner Mutter gequälte junge Mädchen.

26

In Maria Sibyllas Garten war es still, so still und friedlich, wie sie es sich erhofft hatte. Die Schritte des Nachtwächters waren verhallt, ebenso sein Ruf. Von Zeit zu Zeit hörte sie den Flügelschlag eines Nachtvogels und seinen heiseren Schrei. Sie erkannte ein Paar Käuzchen, von dem sie wusste, dass es in dem großen Baum an der Burgmauer nistete. Hier und da raschelte das Gras.

Maria setzte sich und war erstaunt, wie kalt sich die Halme unter ihren Fingern anfühlten. Hier war der Weg, dort ließen sich die Steine erahnen, mit denen sie das Kräuterbeet eingefasst hatte. Ein paar davon, schöne bunte, hatte Andreas ihr von seiner Italienreise mitgebracht, damals, als er um sie gefreit hatte. Er war in die Welt gezogen, und sie hatte daheim gewartet und sich der Kiesel gefreut.

Salbei und Minze wuchsen in dem Beet; sie konnte es in der Nachtluft riechen. Petersilie und Melisse. Hinten an der Mauer hatte sie Brennnesseln stehen lassen, der Raupen wegen. Brombeeren waren da und eine kleine Weinlaube, auf deren Bank sie einmal ein fremdes Tüchlein gefunden hatte, ohne den Umstand Andreas gegenüber groß zu erwähnen. Egal, sie würde dort heute ohnehin nicht hingehen. Diese Ecke hier, mit dem Rücken an den Stein gelehnt, der die Wärme eines ganzen Tages gespeichert hatte, war ihr gerade recht.

Ich muss verrückt sein, dachte Maria Sibylla sich. Hocke hier wie eine, die keine Heimat hat.

Aber hier spannte sich ein weites, von Sternen funkelndes Firmament über ihr, nicht der muffige Betthimmel, unter dem sich der Schlafdunst ihres Mannes staute, hier konnte man frei atmen. Hier wurde sogar die Erinnerung schwächer an die Unterredung mit diesem Hoffmann, gestern im Rathaus.

Dass Andreas darauf verfallen war, mit so einem zusammenzuarbeiten, verstand sie nicht. Der Mensch jagte einem doch einen Schauder über den Rücken, gerade in seiner Freundlichkeit. Denn freundlich war er gestern geblieben, die ganze Zeit über. Nicht ein böses Wort hatte er zu ihr gesagt. Und doch war die ganze Zeit völlig klar gewesen, dass er etwas von ihr verlangte. Und dass er es zu bekommen gedachte. Auch dass ihr Leben in dieser Stadt keine Kupfermünze wert wäre, sollte sie je wagen, sich ihm zu widersetzen. Kurz überlegte sie auch, ob es Barbara oder Clara gewesen war, die zu Hause über ihren Verdacht gegen Hoffmann geplaudert hatte, verwarf die Gedanken aber als sinnlos. Sie durfte den Mädchen keinen Vorwurf machen. Sie waren zu Gehorsam erzogen worden. Und diese Sache hier erforderte Mut. Mehr, als sie selbst für möglich gehalten hätte.

Maria wusste nicht, woher sie dann doch die Courage – oder war es nur kindischer Trotz gewesen? – aufgebracht hatte, unmittelbar nach dieser Unterredung bei der Fürstin vorzusprechen. Sie wollte Magdalenas Aussage überprüfen, Beata sei nach ihrem Rauswurf im Hause Fürst bei Hoffmann gewesen. Der Verleger hatte in der Ratsstube sich jede erdenkliche Mühe gegeben, ihr das Gegenteil zu versichern, und ihr klar zu verstehen gegeben, dass die Suche nach Beatas Mörder für sie beendet sei. Er hätte ihre Hartnäckigkeit als puren Affront aufgefasst. Denn auch wenn es Maria gelang, vor sich selber gute Gründe für ihr Vorgehen zu finden, der Rat würde keinen davon akzeptieren.

Ein Vogel rief, es hörte sich an wie ein Kichern.

Maria zuckte zusammen. Lach du nur, dachte sie. Aber sie fand nicht zu ihrer Ruhe von eben zurück. Hinter der Mauer knackte etwas. Ein Tier, sagte Maria Sibylla sich, eine Maus oder eine Ratte. Irgendetwas lief da und raschelte herum. Unwillkürlich zog Maria die Füße an sich heran und hob ihre Hände vom Boden. Sie wollte nicht näher mit dem in Berührung kommen, was da in der Dunkelheit auf sie lauerte. Eine Eule, überlegte sie fieberhaft, eine Schlange? Sie wäre gerne aufgestanden, aber dann hätte ihr Kopf die Mauer überragt, und was auch immer es war, es befand sich noch jenseits der Gartenumfriedung und hatte sie vielleicht noch nicht bemerkt. Also duckte Maria sich in eine unbequeme Hocke.

Da, jetzt musste es dort hinten sein, bei der Baumreihe. Angestrengt starrte sie in die Dunkelheit, die sich aber mit bloßer Willenskraft nicht durchdringen ließ. Ihre Angst, die langsam in ihr hochkam, ließ alle Umrisse unscharf werden. Am liebsten hätte sie gerufen: Heda! Ist da wer? Aber dann hätte sie vor sich selber zugeben müssen, dass dort ein Mensch sein könnte, heimlich bei Nacht und verborgen, ein Mensch, der sie belauerte. Noch immer ging ein Frauenmörder frei in Nürnberg um. Was, wenn nun der Mörder sie aufsuchte?

Unfug!, schalt Maria sich selbst, richtete sich rasch auf und strich sich mit beiden Händen das Laub vom Umhang. Wenn sie nur mehr übergezogen hätte. Was hatte sie nur geritten, um diese Zeit halb nackt durch die Gegend zu schleichen! Wenn es nun ein Betrunkener war, irgendein Strolch, der den Weg in das Loch nicht fand, das er sein Zuhause nannte?

Da, hatte sich dort nicht etwas bewegt? Sie kniff die Augen zusammen. Einen Moment lang meinte sie, ein weites, bodenlanges Gewand zu erkennen. Einen Frauenmantel, eine Soutane? Doch sie war sich nicht sicher; je länger sie hinstarrte, desto mehr verschwamm das Bild vor ihren Augen.

Wenn der schattenhafte Umriss dort zu einem Menschen gehörte, dann stand dieser genauso reglos wie sie in der Dunkelheit und wartete – worauf? Darauf, dass sie einen Fehler machte? Warum rührte er sich nicht, gab sich nicht zu erkennen?

Hoffmann fiel ihr erneut ein, der so eindringlich mit ihr gesprochen hatte. Zwar war jeder seiner Sätze nur eine Andeutung gewesen, eine Banalität, die alles und nichts bedeuten konnte. Aber es war ihm gelungen, in ihr Angst zu wecken und das Gefühl heraufzubeschwören, sie befinde sich in einer Gefahr, der sie nur durch äußerste Vorsicht entgehen könne.

»Man muss auf seine Schritte achten, Gräffin, auf seine Worte und Taten.« Ja, so hatte er geredet, der Drucker, ihr nicht in die Augen gesehen und mit dem Sandstreuer auf Nützels Schreibtisch gespielt, einem schweren Stück aus Silber, das eine Dämonenfratze zeigte.

Nun starrte diese ihr tausendfach aus dem Gewirr der Äste entgegen. Schon meinte sie, das Knurren der Bestie zu vernehmen, zwischen Knarzen und Knistern, Rauschen und Scharren.

Da, war da nicht ein Schmatzen gewesen? Ein Rudel Hunde begleitete manchmal den Henkersknecht, wenn er jemand zur Hinrichtung leitete oder aus der Stadt trieb. Es kursierten grässliche Gerüchte darüber, was diese Tiere fraßen. Ihre Zähne waren gelb, ihre kleinen Augen blutunterlaufen. Hatte Hoffmann sie auf ihre Spur gesetzt? Wollte er seine Widersacherin auf diese Weise loswerden?

Maria lauschte angestrengt, vernahm aber nichts als das Rauschen ihres Blutes in den Ohren. Da, endlich eine Bewegung, sie war sich nun sicher. Dort drüben stand jemand – und es war kein Hund, sondern ein Mensch, es war kein Dämon, es war ein Mann. Und im selben Moment meinte Maria auch erkennen zu können, wer es war. »Heuchlin!«, rief sie.

Der Schatten verschwand hinter einem Stamm. Oder war nur ein Ast vom Wind bewegt worden? Maria stand stocksteif da. Sie wartete und wartete, doch es war nichts zu hören, nichts zu sehen. Dennoch schien ihr, als hätte sie mit ihrem Ruf ein Gespenst beschworen, das nicht mehr weichen wollte: die gebeugte Gestalt des Diakons, sein kranker Geruch, das Feuer in seinen Augen und sein Hass auf alles, was weiblich war. Mit einem Schaudern erinnerte sie sich an seinen festen Griff um ihren Arm. Hatte er so an Beatas Hals gefasst? Maria musste schlucken.

Endlich entschloss sie sich für den Rückzug. Langsam, als könnte jede ihrer Bewegungen etwas auslösen, wickelte sie sich in ihr Schultertuch und ging zum Tor. Es quietschte leise, als sie es öffnete. Das alte Holz unter ihren Fingern war kalt von der Nachtluft. Maria bemerkte jetzt erst, wie sehr sie fror. Als sie langsam einen Fuß vor den anderen setzte, schlotterten ihr die Knie. Sich umzusehen wagte sie nicht. War da nur ihr eigener Schritt zu hören, oder gab es noch einen anderen? Maria hätte stehen bleiben müssen, um es herauszufinden, stattdessen wurde sie immer schneller. Blind und taub, gehetzt von ihren Albträumen, rannte sie am Ende fast über den Milchmarkt, fand ihre Haustür, die sie unversperrt gelassen hatte, drückte mit Wucht beide Hände dagegen, zuckte zusammen bei dem dumpfen Knall, mit dem sie gegen die Wand schlug und stolperte mit letzter Kraft über die Schwelle. Schwer atmend warf sie die Tür wieder zu und verriegelte sie, so schnell sie konnte.

Im Haus blieb es still. Niemand schien aufgewacht zu sein. Die Lampe am Fuße der Treppe blakte vor sich hin. Maria Sibylla nahm sie dankbar auf und hielt sie hoch. Licht, sie wünschte sich Licht, so viel Licht wie möglich, damit die Dinge wieder vertraut würden. Als sie die Flamme höher gedreht hatte, lächelte sie – bis sie ihre Hände sah. Sie waren blutig rot. Mit einem Aufschrei warf Maria die Lampe von sich. Das Öl floss über den Boden, eine durchsichtige Flamme züngelte hinterher. Schon leckte sie am Rocksaum. Maria rannte schreiend in die Küche. Zum Glück fand sie gleich einen Eimer mit Sand. Sie packte ihn, kippte ihn mit Schwung auf das Unglück und löschte mit dem Rest ihren Rock, indem sie seinen Saum wie ein Kind mit Sand bestreute. Dabei fiel erneut ihr Blick auf ihre Hände, und jetzt wusste sie mit einem Mal, woher das Rot kam, das sie eben so erschreckt hatte: Es waren Reste des Vogelbluts, die noch an der Tür geklebt hatten.

So saß sie lange da, beschmutzt, verschmiert, verkohlt. Und sie dachte an die Worte, die der kranke Arzt ihr im Vorzimmer des Rates ins Ohr geflüstert hatte. Sie hatte ihre Bedeutung zunächst nicht verstanden. Aber nun empfand sie die Drohung, die darin lag mit jeder Faser: Traue niemandem.

27

»Meine Damen!« Maria Sibylla Merian begrüßte ihre Jungfern-Companie mit einer energischen Fröhlichkeit, die die Mädchen erstaunte. »Nehmt Platz, holt eure Arbeiten heraus.« Sie ging im Halbkreis die einzelnen Plätze ab. »Barbara, du bist fertig? Schön, dann setz dich bitte hiermit auseinander.« Mit diesen Worten reichte sie dem Mädchen ein Blatt mit dem kolorierten Stich einer blauen Gartenlilie. »Das wird deine neue Vorlage, einverstanden?«

Maria Sibylla wartete die Antwort nicht ab. Auch Dorotheas vorsichtige Frage, wie es denn beim Rat gewesen sei, wischte sie mit tatkräftigen Anweisungen beiseite, ehe sie sich wieder in Wolken von Stoff niederließ, um selbst weiterzuarbeiten. Der Auftrag für das Zelt war vor wenigen Wochen hereingekommen und Maria froh darum, auch wenn es eine elende Arbeit war. Wenn es nach ihr ginge, hätte sie gern ein gut bezahltes Bürgerporträt oder Altarbild gemalt. Aber solch lukrative Arbeiten behielt die Handwerkerordnung ja den Männern vor. Bemalte sie also Zelte. Maria unterbrach sie nur, um die Handarbeiten der Mädchen zu korrigieren und ein paar Hinweise zu geben. Danach wurde es still.

»Es ist so viel«, meinte sie irgendwann. Sie zerrte an den Zeltbahnen, um das Stück Stoff, das vor ihr auf der Arbeitsplatte in den Rahmen eingespannt war, in den richtigen Winkel zu drehen. »Man bekommt immer nur einen kleinen Ausschnitt auf einmal vor die Augen. Und doch ergibt es am Ende ein vollständiges Bild.«

Niemand antwortete ihr. Alle fädelten und stickten, doch die Blicke gingen hin und her. Was Maria damit hatte sagen wollen, verstand zwar keine von ihnen so recht, aber dass es doppeldeutig gemeint war und dass ihre Lehrerin unter der aufgesetzten Fröhlichkeit ihren Ärger verbergen wollte, war allen nur zu klar. Vor allem Barbara fühlte sich unwohl in ihrer Haut. Sie hatte gewusst, dass ihr Vater Maria vorladen und mit Hoffmann konfrontieren würde, und doch hatte sie es nicht gewagt, ihrer Freundin und Lehrerin eine kurze Warnung zu schicken.

»Maria«, begann Dorothea, als das Schweigen im Raum unerträglich wurde, »wir hätten mitgehen müssen ... zum Rat, meine ich ... Ich ...« Sie verhedderte sich in dem, was sie sagen wollte.

»Nein, Susanna, so geht das nicht«, unterbrach sie Maria, als hätte sie nichts gehört. Sie wandte sich der koketten Jungmalerin zu und erklärte: »Für einen repräsentativen Satz Servietten ist eine Rose als Motiv zu intim. Wähle Narzissen aus, oder Hyazinthen, ihr weltlicher Charakter passt besser. Spar dir die Rosen und Veilchen für die Stammbücher auf.«

Dorothea, die sich mitgetadelt fühlte, senkte kleinlaut den Blick.

»Frau Gräffin ...«, begann Barbara als Nächste.

»Was ist?« Maria schenkte allen einen unschuldigen Augenaufschlag. »War es nicht euer eigener Entschluss, mit dem Mördersuchspiel aufzuhören? Ihr wolltet euch doch lieber auf die häuslichen Tätigkeiten beschränken. Und jetzt macht euch auch das keinen Spaß mehr?«

»Wir hätten gar nicht erst mit der ganzen Sache anfangen dürfen, wenn wir sie nicht zu Ende bringen wollen.« Das war Clara, wie immer ruhig und vernünftig.

»Ach, jetzt geht das schon wieder los. Ihr wisst doch genauso gut wie ich, was Papa gesagt hat.« Barbaras Gesicht lief rot an.

»Ich habe ja nur gesagt«, beharrte Clara, »wir hätten gar nicht erst anfangen dürfen.«

»Dabei hat es so einen Spaß gemacht«, meldete Susanna sich zu Wort. Sie kämpfte nicht länger mit den Umrissen einer Hyazinthe, sondern warf ihre Stickarbeit auf den Boden. »Ich kann die Dinger nicht leiden«, verkündete sie.

»Du jetzt wieder.« Barbara war immer noch sauer.

»Überhaupt, hab ich euch schon gesagt«, trumpfte Susanna auf, »dass mein Vater Maria in sein Lexikon aufnehmen will?« Ehrfürchtig deklamierte sie: »*Teutsche Akademie der Edlen Bau-, Bild und Mahlerey-Künste.* Da kommt sie bestimmt nicht wegen dem Türkenlouis rein.«

»Aber auch nicht, wenn sie sich mit dem Rat der Stadt anlegt«, hielt Dorothea dagegen. Sie war verärgert, weil ihr eigener Vater noch keine sichere Zusage für einen Eintrag in das geplante Lexikon-Werk des Herrn Sandrart erhalten hatte.

»Was meint denn Magdalena zu der ganzen Angelegenheit?«

Mit dieser Frage brachte Maria Sibylla alle zum Verstummen. Erstaunt wandten sich die Köpfe dem jungen Mädchen zu, das als Einzige still dasaß und aus dem Fenster starrte. Sie war die letzten Tage so schweigsam gewesen, dass man sich schon fast daran gewöhnt hatte, sie nicht mehr zur Kenntnis zu nehmen.

»Magdalena?«, wunderte Dorothea sich denn auch. »Was sollte sie dazu zu sagen haben?«

Maria legte ihre Stoffplanen endgültig beiseite. »Nun, zum Beispiel, warum sie mich auf den Verleger Hoffmann gehetzt hat«, sagte sie. »Obwohl sie doch weiß, dass er mit der ganzen Sache nicht das Geringste zu tun hat.«

Überraschte, empörte Ausrufe antworteten ihr. Nur Magdalena, den Blick auf die Scheiben geheftet, blieb stumm.

Dorothea fasste sich als Erste. Mit dem für sie typischen Temperament sprang sie auf und schüttelte die Gefährtin an der Schulter. »Stimmt das?«, rief sie. »Was soll das?« Sie schüttelte das Mädchen heftiger. »Jetzt spiel hier nicht die Scheintote.«

»Magdalena«, mischte Maria sich ein, sanft, aber bestimmt. »Warum wolltest du, dass ich auf eine falsche Spur gerate?«

28

Endlich schlug Magdalena die Hand ihrer Freundin weg. »Lass mich in Ruhe.«

»Den Teufel werd ich tun«, empörte Dorothea sich, zog sich aber zurück. »Uns hier so in Schwierigkeiten zu bringen. – Maria mein ich.«

»Keine Gottlosigkeiten.« Rasch bekreuzigte Barbara sich dreimal. Dann wandte sie sich an Maria. »Weißt du von meinem Papa, dass Hoffmann nicht als Mörder infrage kommt?«

Maria schüttelte den Kopf. »Nein, und das sagt mir, dass sie es ihm im Rat durchaus zutrauen. Es schert sie bloß nicht. Aber das nur nebenbei.«

Barbara schob die Unterlippe vor. Sie hatte das vage Gefühl, sich beleidigt fühlen zu sollen, wusste nur nicht genau, weswegen.

»Mädels«, Maria Sibylla stützte sich mit den Händen auf den Knien ab und stand auf. »Ich muss euch was sagen: Ich habe gestern Angst gehabt. Angst wie noch nie in meinem Leben.«

Susanna seufzte und legte sich die Hand aufs Herz. Dorothea stieß sie schmerzhaft mit dem Ellenbogen. Aber auch sie biss sich auf die Lippen, und selbst Clara sah kleinlaut drein.

»Angst vor allem Möglichen«, fuhr Maria fort, »vor Armut, vor Schande, vor Mördern und Verfolgern, vor dem Feuer. Am Ende sogar vor meinen eigenen geheimsten Wünschen.«

Die Augen der Mädchen wurden größer.

»Und wo hat es mich hingebracht?« Maria Sibylla

breitete die Arme aus. »Nirgendwohin«, beantwortete sie sich selbst die Frage. »Absolut nirgendwohin. Ich habe deshalb beschlossen, in Zukunft keine Angst mehr zu haben.«

»So einfach geht das?«, fragte Barbara ungläubig.

Maria lächelte. »Es ist jedenfalls ein Anfang. Hoffe ich.« Sie wandte sich wieder Magdalena zu. »Und?«, fragte sie.

»Nichts *und*«, gab diese sich bockig. Als niemand etwas sagte, fügte sie hinzu: »Es ist das, was ich gehört habe.«

»Ich habe mit deiner Mutter gesprochen, Magdalena.«

Bei diesem Satz hob das Mädchen den Kopf.

»Sie sagt, dass Beata freiwillig von euch weggegangen ist, um bei ihrer Mutter als Lehrling anzufangen. Die Gebhardin hat das ja auch behauptet. Und dass es bei Beata nie Liebschaften gegeben hat.«

Maria sah das böse Aufblitzen in Magdalenas Augen und vermutete, dass das Mädchen etwas über Andreas wusste. »Mit Ausnahme meines eigenen Mannes natürlich. Ich meinte: keine Liebschaften bei euch«, fuhr sie laut und deutlich fort. Es hatte keinen Sinn, sich am Ende vor der Wahrheit zu fürchten. »Hat dich das auf die Idee gebracht, sie zu beschuldigen, Magdalena?«

»Sie war kein guter Mensch.« Zum ersten Mal seit langem lachte Magdalena wieder, wenn auch gequält. »Im Grunde hatte ich recht. Sie war ein kaltes Miststück.«

Clara schüttelte den Kopf. »Geschichten sind nicht wahrer als die Wirklichkeit«, sagte sie in belehrendem Ton. »Stell dir vor, die Lehrlinge bei euch wären verdächtigt worden.«

Magdalena schnitt eine Grimasse.

»Ja, oder der Verleger Hoffmann«, fiel Dorothea ein. »Was sollte das mit dem? Wolltest du höhere Gerechtigkeit üben für seine Raubdruckerei oder was?«

Maria Sibylla meldete sich wieder zu Wort. »Ich glaube eher, sie wollte mich dazu bringen, mit meinen Nachforschungen aufzuhören. Indem sie sie in eine Richtung lenkte, von der sie annehmen konnte, ich würde dorthin nicht gehen wollen. Oder, Magdalena?«

»Er fiel mir halt einfach ein.« Lebhaft schaute sie sich im Kreis ihrer Freundinnen um. »Ihr habt die Idee doch alle nicht schlecht gefunden. – Bis auf Bärbel«, fuhr sie spöttisch fort. »Du magst ja seine Kalender. Dabei sagt der Diakon Heuchlin, sie wären Teufelszeug. Und unliterarisch.«

»Ach, bin ich jetzt unliterarisch.« Bärbel stemmte die Hände in die Hüften.

»Schluss«, unterband Maria das aufkommende Geplänkel. Sie legte Magdalena die Hand auf den Arm. »Wie gesagt, ich habe mit deiner Mutter geredet.«

»Das scheint ja ein langes Gespräch gewesen zu sein. Du Arme.« Magdalena rückte ein Stück von ihr ab. »Mama kann furchtbar geistlos sein.«

»Es hat nicht jeder deine Fantasie«, schaffte Dorothea es noch einzuwerfen, da fuhr Maria bereits fort: »Sie sagt auch, dass du am Tag, als Beata gestorben ist, vorher noch Streit mit ihr hattest.«

»Mama übertreibt immer.«

»Sie sagt, Beata wäre zu ihrem Abschiedsbesuch gekommen, und du hättest sie die Treppe hinuntergeschubst.« Einige der blauen Flecken, die ich an der Leiche gesehen habe, dachte Maria Sibylla, dürften von diesem Zusammenstoß stammen. Als Magdalena nicht antwortete, fuhr sie fort: »Sie hat Beata noch Geld gegeben, damit sie Stillschweigen darüber bewahrt.«

»Das war wohl zum Fenster rausgeschmissen, oder?« Magdalena blinzelte.

»Magdalena!« Clara schlug sich die Hand vor den Mund. »Versündige dich nicht!«

Maria konnte den Gedanken nicht ganz von der Hand weisen. Entweder hatte Beata, die wohl nach ihrer Mutter kam, das Geld mit Andreas vertrunken, oder die Totengräber hatten es gefunden, als sie die Kleider stahlen. So oder so war es fort.

»Aber warum?« Clara stellte die Frage für sie alle.

»Weil sie gestohlen hat«, warf Magdalena ihnen hin und fuhr, als sie die zweifelnden Gesichter sah, von selber fort. »Nein, sie hat keine Ideen für den Hoffmann geklaut. Mich hat sie bestohlen. Und meinen Papa.«

Maria Sibylla runzelte die Stirn. »Das ist nicht ganz dasselbe, Kind.«

Magdalena seufzte demonstrativ und blies sich eine Strähne aus der Stirn, die gar nicht vorhanden war. Aber an ihren unruhig wandernden Augen, die Marias Blick auswichen, merkte man, dass sie sehr wohl innerlich beteiligt und aufgerührt war. Es lag sogar so etwas wie Angst darin. Ihre Finger zupften nervös am Halstuch herum. Schließlich schien Magdalena sich durchgerungen zu haben. »Wusstest du«, begann sie an Maria gewandt, »dass der Schmetterling auf vielen antiken Grabsteinen abgebildet ist?«

Ihre Lehrerin meinte, das sähe man doch auch heute. Susanna fügte hinzu, der Schmetterling, der aus seiner Puppe schlüpfe, sei nun mal das christliche Symbol für die Seele, die sich aus ihrer sterblichen Hülle befreie.

Magdalena hörte nur halb hin. Sie fuhr fort: »Die alten Griechen hielten die Falter für Seelentiere, Begleiter ins Jenseits.« Sie lächelte seltsam. »Ich bin auch so ein Todesfalter.«

»Diesen Unfug höre ich mir nicht an«, entfuhr es Bärbel. »Das ist unnützes und ganz und gar gottloses Gerede.«

»Ach, also ich liebe die griechische Mythologie«, schwärmte dagegen Susanna. »Sie ist so viel handfester und poetischer als unsere heutigen Sagen.«

Maria Sibylla hatte das dringende Bedürfnis, mit Magdalena unter vier Augen zu reden. »Vielleicht ist es besser, wenn ihr alle geht.« Ihr Ton war fest.

Die Mädchen senkten die Köpfe und gehorchten. Nur Dorothea blieb inmitten des allgemeinen Aufbruchs sitzen, verschränkte die Arme und verkündete: »Mich bekommst du hier nicht weg.«

Clara ging mit einer Umarmung. »Sei vorsichtig«, wisperte sie ihrer Freundin mit einem letzten Blick zu, den diese zuversichtlich erwiderte.

»Also«, wandte Maria sich dann an Magdalena, die ihr Tuch abgeknüpft hatte und es in den Händen wieder und wieder verknotete.

»Ich war dabei, als Papa starb«, begann diese nach einer Pause.

»Wusste ich's doch!« Dorothea sprang auf. Sie sah sehr zufrieden aus. »Habe ich es nicht gesagt?«, wandte sie sich triumphierend an Maria.

Diese gebot ihr mit einer Geste, sich zurückzuhalten. Sie erhob sich, um Magdalena einen Schluck Wein mit Wasser gemischt anzubieten, und blieb vor dem Mädchen stehen, als es den Becher an die Lippen setzte.

Als sie getrunken hatte, fuhr Magdalena fort. »Nicht, was ihr alle denkt, was alle reden. Ich weiß doch, was die Leute sagen.« Sie lachte abfällig. »Nein, das ist mein Geheimnis, meins und Papas.« Sie reichte Maria den Becher zurück. »Er hat sich nie viel um mich gekümmert.« Als sie das sagte, sah sie wirklich aus wie ein kleines Mädchen. »Aber am Ende hat er mich ausgesucht. Und darauf bin ich stolz.«

»Wie meinst du das: *ausgesucht?*«, fragte Dorothea dazwischen, die sich einfach nicht an das Schweigegebot halten konnte.

»Na, als seine Begleiterin.« Das Lächeln auf Magdalenas Gesicht verstärkte sich zu einem beunruhigenden Strahlen. »Erst habe ich ja nicht verstanden, was er da getan hat, als er plötzlich mit dem Stuhl herumhantierte und das Seil festmachte.«

Dorothea schlug sich die Hand vor den Mund. »Du hast ...«, stieß sie dann hervor, verstummte aber sofort wieder. Es war nicht einmal nötig, dass Maria sie ermahnte. »Mein Gott.«

»Ich hab so gerne in seinem Schreibzimmer gespielt, da war es still und alles aus schönem Holz, ich hatte da ein Lager, ach was, mein Haus, zwischen seinem Schreibtisch und der Wand. Keiner hat mich da gefunden, keiner mich gesehen. Ich konnte Stunden dort zubringen und mich damit beschäftigen, wie das Licht über die Dielen wanderte. Oder mir Geschichten ausdenken und sie meiner Puppe erzählen. Papa hat mich nie verjagt. Wahrscheinlich hat er mich oft gar nicht bemerkt.«

»Und hat er dich an *diesem* Tag ...?« Maria brachte ihren Satz nicht zu Ende. Es war eine Sache, keine Angst mehr vor der Wahrheit haben zu wollen, eine andere, die Wahrheit auszusprechen. Es war schlimmer, als eine Nadel in den Leib eines Falters zu treiben. Aber sie tat es. »Wusste er, dass du da bist?«

»Er hat mich angesehen!« Magdalena strahlte vor Stolz. Sie schaute von einer zur anderen. »Die ganze Zeit. Nur einmal hat er sich gedreht am Seil, weil seine Beine so zappelten, aber ich glaube, das wollte er nicht. Dann hat er mir wieder in die Augen geschaut.«

Dorothea stieß einen unterdrückten Laut aus.

Magdalena schien es nicht zu bemerken. »Und am Ende«, fuhr sie fort, »hat er gelächelt. So glücklich wie in dem Moment hat er im ganzen Leben nicht ausgesehen. Sein ganzes Gesicht hat sich dabei verzogen. Da wusste ich, dass ich es gut gemacht habe.« Sie schloss die Augen, als wiederhole sie die Szene im Geiste noch einmal. Sie wirkte vollkommen glücklich.

»Beata hat nicht gelächelt«, fuhr sie dann im kläglichen Ton eines beleidigten Kindes fort. »Dort in der Hecke, obwohl ich mich dicht über sie gebeugt habe.« Magdalena dachte nach und zuckte mit den Schultern. »Vielleicht war sie schon zu lange tot.« Sie strich mit den Händen über ihr Haar und das Halstuch. »Ich bin zu spät gekommen diesmal. Meinst du, das ist schlimm?« Das Mädchen hob den Kopf, um Maria vertrauensvoll anzusehen.

»Wann, Magdalena«, fragte ihre Lehrerin mit leicht zitternder Stimme, »wann warst du bei Beata in der Hecke?«

»Na, mit euch«, gab Magdalena schmollend zurück. »Ihr wart doch alle dabei.«

»Und daher hast du auch das Tuch?«, fragte Maria und streckte die Hand danach aus.

Magdalena wich zurück. »Das kannst du nicht haben, das ist meines. Ich behalte von jedem etwas. Von Papa hatte ich die Briefe. Beata hätte niemals darin herumwühlen dürfen.«

»Du gibst also zu, dass das da Beatas Halstuch ist?«

»Warum sollte ich nicht?« Magdalena wich Maria aus und trat vor einen Spiegel, der über der Truhe mit dem Getränkekrug hing. Mit schräg geneigtem Kopf betrachtete sie sich, den strengen, weißblonden Scheitel, den roten Schmollmund. »Es steht mir gut, findet ihr nicht?«

»Woher hast du es?« Dorothea hatte sich wieder gefangen und klang streng. Sie ignorierte Maria Sibylla, die heftig abwinkte.

Aber Magdalena ließ sich nicht stören. »Na, aus der Hecke«, sagte sie. »Es hat keine von euch was gesagt, als ich es genommen habe. Na ja«, sie kicherte, »ich war auch ganz schön geschickt.« Sie wandte sich um und schaute in die Gesichter ihrer schweigenden Freundinnen. »Glaubt ihr mir etwa nicht?«

29

Maria Sabina Pellerin, die Gattin Jakob Behaims, neigte sich über die Tischwäsche, die Maria Sibylla für sie bemalt hatte. »Ja, sehr schön. Und das ist dieselbe Qualität wie die für die Markgräfin von Baden-Baden, ja? Ich habe gehört, dass sie ihre Tischdecke vor aller Augen hat waschen lassen, um zu demonstrieren, wie haltbar Eure Farben sind. Wirklich sehr schön.«

»Genau«, bestätigte Maria Sibylla, »genau die gleichen Saftfarben.«

»Ach? Und wie stellt man die her?«

Maria Sibylla zeigte ein unterwürfiges Lächeln. »Das ist, mit Verlaub, Frau Pellerin, mein Geheimnis.«

Ihre Auftraggeberin lächelte säuerlich. »Nun, wie Ihr meint. Ich schätze, so sind die Künstler. Eigen.«

Maria Sibylla ließ das unkommentiert. Sie beobachtete ihre Auftraggeberin und meinte schließlich: »Die Wäsche wird sich in Eurem neuen Heim gut machen. Ist es nicht bald so weit?«

Die Pellerin seufzte. »Das vermaledeite Fembohaus, ach ja. Mein Mann hat es sicher gut gemeint, aber all die Arbeit. Dafür wird es gewiss auch recht ansehnlich.« Man hörte ihrer Stimme an, dass sie mehr als stolz auf das Haus war. »Wenn doch der Italiener nur noch zu Ende gekommen wär! Obwohl …«, fügte sie rasch in bravem Ton hinzu, »obwohl man ja froh sein muss, dass er entlarvt worden ist.«

»Wie meint Ihr?«, fragte Maria betont beiläufig und begann, die bunt bemalten Servietten zusammenzufalten und zurück in die ausgeschlagene Holzschatulle zu legen, in der sie sie hergetragen hatte. »Ich habe gehört, dass er auch unter der Folter noch seine Unschuld behauptet hat.«

»Puh, redet mir nicht davon.« Die Pellerin wedelte Marias Worte mit der Hand beiseite. »Schlimm genug, dass mir das alles passiert. Aber es ist immer was dran, wenn sich die Rechtsprechung mit jemand befasst. Wo Rauch ist, da ist auch Feuer, vor allem bei diesen Italienern.« Sie schnaubte. »Und jetzt findet mein Mann auf die Schnelle keinen, der die Decke fertig macht. Dabei wäre es in wenigen Tagen getan, und dann könnte der Moretti uns gerne verlassen, was mich angeht für immer. Richtung Galgen oder Richtung Alpen, das wäre mir einerlei. Obwohl man ja munkelt, dass der Rat ihn hinrichten will. Aber bei diesen Fremden ... Man weiß es nie.« Der Blick, mit dem sie Maria von der Seite maß, erinnerte diese daran, dass sie nach Nürnberger Maßstäben sehr wohl auch als Fremde zu gelten hatte.

»Da habt Ihr sicher recht.« Maria beendete das Packen, schloss das Kistchen ab und reichte der Pellerin den Schlüssel, bemüht, das Zittern ihrer Finger nicht merken zu lassen. Hinrichten also würde man ihn. Betont ruhig sagte sie: »Ich habe Lavendel in passend bemalten Säckchen dazwischengelegt.«

Die Pellerin dankte ihr für die Mühe. »Reizend, aber das kommt alles in Zedernholzschubladen. Es gibt kein besseres Mittel gegen Motten als Zedernholz.«

Maria zeigte sich angemessen beeindruckt. Als sie allerdings auf einen möglichen weiteren Auftrag zu sprechen kam, wurde ihre Gönnerin auf einmal zurückhaltend. Maria deutete das als Zeichen, dass man sich auch im Hause Behaim darüber im Bilde war, welche

Rolle sie selbst bei den unangenehmen Ereignissen der jüngsten Vergangenheit gespielt hatte. Die Pellerin jedoch versteifte sich darauf, ihr Mann – der gerade ein Vermögen hinauswarf für die Renovierung seines repräsentativen Hauses – habe ihr verboten, weitere Ausgaben für Wäsche zu tätigen, um nicht verschwenderisch zu erscheinen. Und dabei blieb sie. Maria ging ohne einen Folgeauftrag aus dem Haus, hingerichtet auch sie.

Auf dem Heimweg traf sie Barbara in Begleitung einer Magd. Das Mädchen wurde rot, war es doch zu den letzten Stunden in Marias Haus nicht erschienen, unter zum Teil merkwürdigen Entschuldigungen. »Hast du gehört?«, platzte es aus Bärbel heraus. Ihre Augen leuchteten. Man sah ihr an, dass sie große Dinge mitzuteilen hatte. »Die Gebhardin ist schon wieder in Haft.«

»Ach«, sagte Maria nur. Nichts konnte ihr im Moment gleichgültiger sein. Und die ungetreue Bärbel hatte das Recht auf ihre Anteilnahme wahrhaftig verwirkt.

Aber die beiden jungen Frauen waren in ihrem Mitteilungsdrang nicht zu bremsen. Nun konnte auch die Magd in Bärbels Begleitung nicht mehr an sich halten. »Wir kommen gerade von den Hirsvogels, wo die jüngste Schwiegertochter in anderen Umständen ist. Eine Hebamme war gerade da.«

»Ja«, nahm Bärbel den Faden wieder auf. »Und sie sagt, Beatas Mutter war betrunken bei einer Entbindung und hat das Neugeborene fallen gelassen, jetzt ist es tot. Gott sei Dank ist das draußen vor den Toren passiert.« Sie bekreuzigte sich. »Der Herr Dr. Peller ist zu spät gekommen, aber er hat sie wenigstens angezeigt.«

»Jetzt muss sie wohl ins Loch.« Die Magd sah sehr zufrieden aus. »Ach was, aufs Rad muss sie.«

»Die arme Frau.« Maria war nun doch berührt. Sie erinnerte sich noch gut der Zeit, als sie Lenchen erwartete. All die Hoffnungen in der Schwangerschaft, dann die Schmerzen der Geburt – um am Ende das gesunde Kind doch zu verlieren. Auf so eine Weise!

»Kinder sterben schnell.« Die Magd nickte zu ihrer Weisheit. »Meine eigene Mutter, Gott hab sie selig, hat drei begraben. Da sind Arm und Reich vor Gott ganz gleich.« Sie schien nicht wenig Befriedigung aus dieser Weisheit zu ziehen.

Maria verabschiedete sich so schnell sie konnte und eilte durch das Gewühl in den Gassen nach Hause. So viel Tod ringsum und die eigene Zukunft mehr als trübe. Es war alles zu viel für sie. Sie wollte alleine sein.

Stattdessen fand sie in der Küche ihr weinendes Kind vor. Maria nahm es in den Arm und tröstete es, wobei sie es doch am liebsten geschüttelt hätte, damit es schnell sprach. Aber es dauerte eine Weile, bis sie aus ihrer Tochter herausgebracht hatte, was geschehen war. Lenchen war aufgebrochen zum Katechismus-Unterricht im Hause Imhoff, an der Tür aber beschieden worden, dass sie künftig nicht mehr zu kommen brauche. Immerhin hatte man eine Magd angewiesen, sie beim Diakon in Sankt Sebald abzugeben.

»Er hat mich in die letzte Bank gesetzt, ganz alleine«, schluchzte Lenchen. »Und er hat erlaubt, dass die anderen über mich lachen. Sie haben gefragt, ob es stimmt, dass du Käse mit Maden sammelst und tote Mäuse mit Würmern drin. Ich habe gesagt, dass es bloß eine tote Krähe war.«

»Ist ja gut«, murmelte Maria, drückte die Kleine an sich und wiegte sie, bis sie sich ein wenig beruhigt hatte.

»Und da hat er mir mit einem Stock auf die Finger gehauen. Da.« Lenchen hielt ihr beide Hände hin. An denen war zwar keine Spur der Züchtigung mehr zu sehen, aber Maria blies dennoch darauf, rieb die Finger und ließ Johanna Helena ausprobieren, ob sich alle noch ordentlich bewegen ließen. »Du wirst einen Pinsel halten können«, versuchte sie das Kind zu beruhigen und lächelte es an.

Aber Lenchen verzog das Gesicht. »Ich will nicht mehr malen, niemals!« Mit diesem Ausruf sprang sie auf, rannte in ihr Zimmer und knallte die Tür zu.

Maria Sibylla reichte es. Sie schlang ihr Umhangtuch, das sie noch gar nicht hatte ablegen können, fester um die Schultern und machte sich daran, noch einmal aufzubrechen. Mit dem Diakon Heuchlin würde sie sofort reden. Ihr Kind so abzuschrecken von Bildung und Erziehung! Ihrer Kleinen den natürlichen Weg dazu verbauen, ihr die Augen für die Schönheit und Größe der Welt verschließen, aber selber abends beim Kerzenschein nach schönsinnigen Worten für Gedichtchen suchen. Oder des Nachts einsamen Frauen hinterherschleichen.

Als Maria die Hand schon auf der Klinke hatte, dachte sie grimmig, sie sollte vielleicht die tote Krähe, die noch immer im hinteren Hof vor sich hin stank, gleich mitnehmen und dem Diakon vor die Füße werfen. Mit Sicherheit hatte sie es doch ihm oder seinen willigen Helfern zu verdanken, dass das Tier an ihre Tür genagelt worden war. Denn was war der Geistliche denn selbst anderes als eine Angst um sich verbreitende, halb verweste alte Krähe? Am liebsten hätte sie ihn auch mit ihrem Verdacht konfrontiert. Aber sie wusste, sie konnte es nicht wagen, ihn auch nur im Entferntesten mit Beatas Tod in Verbindung zu bringen. Sie hatte nichts vorzuweisen als ihre Antipathie ihm gegenüber und ihren guten Namen. Der allerdings zählte derzeit in Nürnberg nicht allzu viel.

Und da war ja auch noch Magdalena. Sie war wie Barbara in letzter Zeit dem Unterricht bei ihr unentschuldigt ferngeblieben, sei es, dass ihr Geständnis sie reute, sei es, dass sie fürchtete, im Gesicht ihrer Lehrerin lesen zu müssen, dass diese ihr nicht mehr traute. Konnte sie Magdalena denn Glauben schenken? Maria Sibylla wusste es noch immer nicht. Sie war nicht überzeugt von der Schuld des Mädchens, wollte es nicht sein. So ein junges Ding, fast noch ein Kind, wenn auch mit krankem Gemüt, nein, das durfte nicht sein. Aber konnte sie denn Beatas Mörder weiter suchen, ohne auch in diese Richtung zu forschen? Durfte sie Verdächtigungen aussprechen gegen Menschen, die sie verabscheute, und stillschweigend die übergehen, die sie liebte?

Genau wie bei Moretti! Ach. Sie dachte an Carlo, daran, dass er alleine war, verwundet, hoffnungslos, vielleicht schon krank. Dass er annehmen musste, sie habe ihn vergessen. Dass er sterben könnte, ohne sie noch einmal gesprochen zu haben, ohne zu wissen, dass sie an ihn gedacht, ihn geliebt hatte. Wenn auch vielleicht nicht genug. Dass sie zumindest versucht hatte, ihm zu helfen.

Maria wollte endlich aufbrechen, ob immer noch zu Heuchlin oder zum Lochwirt, der sie zu Moretti vorlassen sollte, oder zum Rat, der ihre Klagen entgegennehmen musste, das wusste sie in diesem Moment selbst noch nicht.

Die Entscheidung blieb ihr erspart. Sie kam nicht einmal aus der Tür, denn noch auf der Schwelle prallte sie gegen einen Mann.

30

Einen Augenblick lang wankten sie beide, eng umschlungen, bis sie ihr Gleichgewicht wiederfanden.

»Herrje, das tut mir leid.« Wie zur Abbitte klopfte sie ihrem Besucher den Staub von den Ärmeln. Es war der Arzt, Dr. Peller. Die Kämpferlaune, in der sie eben hatte aufbrechen wollen, war noch nicht gänzlich verraucht. »Nun«, fragte sie, anstatt ihn zu begrüßen oder eine höfliche Bemerkung über das Wetter zu machen, »kommt Ihr auch, um mir eine Absage zu erteilen? Hat der vornehme Herr Dr. Volkamer es sich anders überlegt und will mir seine Gärten nun doch nicht zeigen? Nur zu, werdet Euren Auftrag los.« Sie stemmte die Arme in die Hüften.

Peller war noch immer ein wenig durcheinander von dem stürmischen Zusammentreffen und dem nicht weniger heftigen Willkommen. Er blinzelte, fuhr sich über die Perücke und beteuerte schließlich: »Im Gegenteil, werte Gräffin. Mein Mentor schickt mich, Euch zu sagen, dass seine Gärten Euch offenstehen. Wann immer Ihr Zeit für eine Besichtigung findet, werde ich gerne Euren Führer spielen.«

Maria wurde rot. Sie spielte verlegen mit dem Stoff ihres Kleides. Es war das gute, das Bettelkleid. »Tut mir leid«, sagte sie schließlich und schaute den Arzt offen an. »Ihr kamt in keinem guten Moment.«

»Ich kann es mir denken«, sagte er, schien dann aber die eigene Direktheit zu bereuen und sah beiseite.

»Geht es Euch wieder besser?«

»Danke der Nachfrage. Aber ein Arzt, der sich nicht selbst kurieren kann, taugt wohl wenig.« Jetzt lächelte er sogar wieder. »Ich habe ja Erfahrung darin. Mein Leiden und ich, wir kennen uns schon lange.«

»Ich hatte mir schon überlegt, wo Ihr wohl wart. Ihr erwähntet ja eine Reise.«

»Ja, in der Tat. Ich hatte das Glück, die Neue Welt zu betreten. Ein halbes Jahr lang durfte ich Brasilien besuchen.«

»Brasilien!« Maria Sibyllas Augen leuchteten auf. Brasilien, die Neuen Kolonien jenseits des Atlantik. Wie oft war sie mit Hilfe ihrer Bücher dorthin gereist. Das war ja der Zielort ihrer eigenen Träume. Und nun die Aussicht auf ein Gespräch mit einem Menschen, der mit eigenen Augen gesehen hatte, was sie nur aus Stichen und Aquarellen kannte! Sie atmete halb schon die Seeluft ihrer Überfahrt in die Neue Welt ein, sah Orchideen und Palmen und ungeheure Wälder, darin es Falter gab, Spinnen und Insekten, Tiere, von denen man sich hier keine Vorstellung machte, groß und bunt und giftig und tödlich. Tödlich schön. »Das ist ja ... Also, ich muss sagen ...« Sie griff nach seiner Hand. »Herr Doktor, ich freue mich sehr darauf, in Eurer Gesellschaft die Volkamer'schen Gärten zu besuchen. Wann wäre es einem viel beschäftigten Mann wie Euch denn recht?«

Er überlegte. »Die nächsten Tage werde ich nochmals mit dem Rat zu tun haben, wegen der traurigen Geschichte mit der Hebamme.«

Maria nickte. »Erst die Tochter, jetzt die Mutter.«

»Sie ist geständig; sie wird dafür hängen«, bestätigte Peller.

»Weiß man schon, wann?«, fragte Maria. Sie flüsterte beinahe und verschränkte die Finger ineinander.

»Der Rat will es gnädig schnell machen. Wohl in drei Tagen. Wollen wir uns also für den vierten Tag verabreden?«

Maria nickte zur Bestätigung, dann verabschiedete sie sich von ihm, ruhig und nachdenklich geworden. Sie blieb eine Weile vor dem Haus stehen. Es war ein warmer, sonniger Tag, fast zu heiß für den Frühling, aber sie spürte es kaum. Zu sehr war sie in ihre eigenen Gedanken vertieft. Erst als der volle Glockenton von Sebald herüberklang, kehrte sie in die Wirklichkeit zurück. Richtig, sie hatte ja dem Diakon einen Besuch abstatten wollen. Inzwischen allerdings war ihr Zorn verraucht. Dafür bedrückte sie nun die Nachricht von der baldigen Hinrichtung der Gebhardin. Aus irgendeinem Grund ging ihr auch Magdalena wieder durch den Kopf.

Als Maria Sibylla ans Portal von Sankt Sebald kam, achtete sie weder auf die Bettler, die in dichten Trauben auf den Stufen herumhingen, noch kümmerte sie sich um das schrille Treiben an den Buden, wo geräucherte Würste feilgeboten wurden, Kerzen und Schnaps. Ein junger Bursche nahm ihre Aufmerksamkeit gefangen. Er wedelte einen Druck in der Luft herum, auf dem in lebhaften Bildern das jämmerliche Schicksal der Hebamme dargestellt war. Der Text musste wohl ihre Verfehlungen beschreiben und ihren Tod ankündigen, denn der Junge singsangte ihn für alle, die nicht lesen konnten, laut in die Welt hinaus.

Mit einer unwilligen Geste wies Maria das angebotene Blatt zurück. Da hat der Verleger Hoffmann wieder einmal ganze Arbeit geleistet, dachte sie und ging weiter. Sie war sich nicht sicher, wo sie den Heuchlin um diese Zeit finden würde. Sollte sie in den Pfarrhof gehen und dort nachfragen, wo immer jemand saß für den Fall, dass einem Kranken die letzte Ölung gespendet werden musste? Maria zögerte. Schließlich trat sie sehr leise ein. Mit halbem Herzen hoffte sie, es wäre keiner da oder niemand würde sie bemerken. Als sie fast schon wieder gehen wollte, entdeckte sie eine angelehnte Tür. Sie schob sie vorsichtig einen Spaltbreit auf, warf einen Blick ins Zimmer und zuckte zusammen, als sie tatsächlich die große, wie immer ein wenig zusammengesunkene Gestalt Heuchlins entdeckte.

Maria holte tief Atem, im Geiste legte sie sich die ersten Worte zurecht. Irgendetwas jedoch ließ sie innehalten. Sie hätte selbst nicht genau sagen können, was es war. Der Diakon wirkte so abwesend, er bemerkte gar nicht, dass jemand dastand und ihn intensiv betrachtete. Und doch ging eine ungeheure Energie von ihm aus.

Heuchlin schaute aus dem Fenster. Sein Blick war starr, er hielt fest, was er sah, als wollte er es nie mehr loslassen. Sein Gesicht allerdings wirkte entgleist, der Mund stand offen, die Züge waren verzerrt. Maria hatte ihn noch nie so gesehen.

Jetzt stieß der Diakon einen Laut aus und wischte sich über den Mund. Maria hörte ein Schmatzen, dann sah sie, zu ihrem Entsetzen, wie er sich in den Handknöchel biss, genau an der Stelle, an der der Daumen ansetzt. Es musste weh tun, aber von Heuchlin war kein Ton mehr zu hören.

Maria konnte nicht anders. Sie wagte zwei, drei Schritte in das Zimmer hinein, um zu sehen, was den Diakon so sehr beschäftigte. Mit angehaltenem Atem schob sie sich Schritt für Schritt vor. Endlich kam das Fenster in ihren Blick. Dort draußen, im Licht einer

Sonne, die so grell schien, dass sie alle Farben bleich wirken ließ, stand ein junges Mädchen. Es mochte eine Dienstmagd sein, sie hielt einen Eimer auf der Hüfte und unterhielt sich mit jemandem, der von Marias Platz aus nicht zu sehen war. Sie plauderte lebhaft und lachte viel, dabei wiegte sie sich in der Hüfte und wickelte halb kokett, halb selbstvergessen das Ende ihres Zopfes um die Finger ihrer linken Hand. Jetzt lachte sie lauthals.

Heuchlin ballte die Fäuste.

Maria wünschte sich, sie wäre niemals hierher gekommen. Schritt für Schritt, wie sie gekommen war, zog sie sich wieder zurück. Um keinen Preis der Welt wollte sie jetzt entdeckt werden. Vor Anspannung zitternd arbeitete sie sich auf die Tür zu. Da knarrte eine Diele vernehmlich unter ihrem Tritt.

Der Diakon fuhr herum. Mit derselben Gier, mit der er eben noch das junge Mädchen angestarrt hatte, blickte er auf Maria, ohne sie gleich zu erkennen. Mit einem Schlag verdüsterte sich dann sein Gesicht.

»Ich ...«, setzte Maria an, doch ihr fehlte der Mut. Sie wirbelte herum, nahm die Röcke in die Hand und floh. So schnell sie konnte, rannte sie durch den Gang, zur Tür hinaus, am Chörlein vorbei und weiter, immer weiter, bis das Gedränge sie verschluckt hatte.

Es dauerte lange, bis sie nicht mehr das Gefühl hatte, sein Blick bohre sich zwischen ihre Schulterblätter, durch den Stoff des Kleides hindurch, bis auf ihre nackte Haut.

Mehr denn je war Maria Sibylla sich nun sicher, im Fall Beata Gebhardin auf der richtigen Spur zu sein. Was bisher nur ein Verdacht gewesen war – genährt, wie sie selbst zugeben musste, vor allem durch ihre Abneigung –, das war ihr durch Heuchlins Verhalten zur Gewissheit geworden. Der Diakon war krank, er war gefährlich, da war etwas in ihm, das nur darauf wartete, herauszubrechen. Sie schauderte noch immer bei dem Gedanken an seinen Anblick.

Aber wie sollte sie es anfangen, das dem Rat beizubringen? Wie konnte sie die Szene, die sie eben erlebt hatte, einem Nützel so schildern, dass dieser die richtigen Schlüsse daraus zog? Wie konnte sie etwas, das letztlich nur auf ihrem Gefühl beruhte, glaubhaft machen? Denn geschehen war im Grunde nichts, das musste sie sich eingestehen. Und doch hatte sich für Maria mit dieser Szene alles geändert. Sie durfte jetzt nichts überstürzen, sie musste sorgfältig darüber nachdenken, Indizien sammeln, etwas finden, was sich handfest gegen Heuchlin vorbringen ließe. Sie musste geduldig abwarten, bis der Verbrecher aus seiner Verpuppung schlüpfen würde.

31

Als Maria schließlich nach Hause kam, fand sie Anna dabei, die Holzteller auf dem Tisch zu verteilen. Unwillkürlich zählte sie im Stillen mit: einen für Andreas, einen für sie selbst, einen für Lenchen, einen für Anna und je einen für die beiden Gesellen, die in der Werkstatt arbeiteten. »Da fehlt doch einer«, stellte sie fest.

Anna warf ihr nur einen traurigen Blick zu.

Was ist los?, wollte Maria schon fragen, da kamen Schritte die Treppe heruntergepoltert. Es war Andreas, in Stiefeln und Reisekleidung. Er trug lederne Satteltaschen über der Schulter und einen Sack.

Maria war so überrascht von seinem Aufzug, dass ihr die Worte fehlten. Erst als er sich mit einem schuldbewussten Hundeblick schon an ihr vorbeigedrängt hatte, fiel es ihr ein zu fragen: »Wo willst du hin?«

Statt seiner antwortete Anna. »Ins Rheinische, sagt er«, flüsterte sie Maria zu, die immer noch dastand und zusah, wie ihr Mann alles vor dem Haus auf der Bank deponierte und zurückkehrte, um noch mehr Gepäck zu holen. Lautstark stapfte er an ihr vorbei, die Treppe wieder hinauf. Herunter kam er mit einer Kiste, die Maria als Behältnis für seine Mal- und Stechersachen kannte.

»Er sagt, er hat dort Arbeit.«

»Arbeit?«, verwunderte Maria sich lautstark. »Ich denke, der Rat hat einen Stadtprospekt von dir akzeptiert, Andreas!« Jetzt sprach sie ihn direkt an. »Es wird hier in nächster Zeit viel zu tun geben.«

Endlich blieb er stehen, vermied es aber, ihr in die Augen zu sehen. »Ich muss einmal hier raus, Mariechen.«

»Ach.« Sie war zu wütend, um sofort weitersprechen zu können.

»Ja. Dort sitzt eine Generalsfamilie, die von mir porträtiert werden will. Und eine Ansicht ihres Hauses soll ich stechen. Es liegt malerisch am Fluss, heißt es.«

»Wie schön für dich«, erwiderte Maria bissig. »Und hat diese Familie auch einen Namen? Nur damit ich weiß, wo ich dich erreichen kann.« Oder damit ich weiß, ob es diese Familie überhaupt gibt, dachte sie.

Auf dem Milchmarkt war das Klacken von Hufen zu hören. Ein Mann kam näher, der zwei Braune am Zügel führte. Andreas hob die Hand und grüßte ihn von Weitem. Als der Fremde näherkam, erkannte Maria in ihm den Betrunkenen aus dem *Frohen Prediger* wieder. Noch immer trug er dieselben vornehmen, aber heruntergekommenen Kleider, hatte noch immer ungewaschenes Haar, das in gepflegtem Zustand rot sein mochte. Doch heute sah sie sich sein Gesicht genauer an. Und erschrak. Er mochte ja der Sohn eines Professors sein, aber in seinen Zügen war weder Bildung noch Geist zu lesen. Und schon gar keine Spur von Gefühl. Seine schwarzen Augen starrten sie so kalt an wie Kiesel. Mit diesem Menschen wollte ihr Mann auf Reisen gehen?

Es war, als hätte Andreas ihre Frage gehört. »Er hat einen Kummer«, sagte er wie zur Erklärung.

Maria verzog das Gesicht. »Kummer, der?«

»Er hatte ein Liebchen aus Johannis, das bald am Galgen hängt. 's war heimlich. Er will es mit sich allein abmachen.«

Maria Sibylla starrte den Neuankömmling an, der ohne sie zu grüßen begonnen hatte, das Gepäck auf Andreas' Pferd zu laden. Das also war der Gefährte der

Hebamme, dem Dorothea bei ihrem Besuch in Johannis begegnet war. Der Mann, der seine Geliebte beschimpft und verprügelt hatte. Offenbar hing er doch mehr an ihr, als man meinte, wenn seine Gefühle für die verurteilte Gebhardin ihn nun in die Ferne trieben. Wenn es denn Gefühle waren.

Dann, mit einem Mal, begriff sie die Zusammenhänge. Sie schaute abwechselnd zu ihrem Andreas und zum Fremden: der eine mit der Mutter, der andere mit der Tochter. Zu viert waren sie durch die Kneipen gezogen, hatten gesoffen und gelacht. Mit solchen Menschen war ihr Mann unterwegs gewesen. Und sie hatte von alledem nichts geahnt.

So also, durchfuhr es sie, so banal und abstoßend sah das Gemälde aus. Mit einem Mal schob sich ein Lebensbereich in ihr Blickfeld wie eine Landschaft plötzlich aus dem Nebel auftaucht, die man vorher nicht vermutet hat. Man wähnt sich auf bekannten Wegen und muss doch erkennen, dass man in der Fremde wandert. Vielleicht sogar am Abgrund entlang.

Maria stand einfach nur da und horchte in sich hinein. Erstaunt stellte sie fest, dass es kein bisschen weh tat. Sie war beleidigt, das ja. Aber getroffen? Nein! Sie fühlte nichts dergleichen. Es war vorbei.

Sie warf ihrem Mann einen knappen Abschiedsgruß zu, der es seinerseits bei einem Winken bewenden ließ. Sein Gefährte pfiff vor sich hin und schaute in den Himmel, als sähe er schon die fernen Horizonte. Als die beiden in Richtung Tiergärtnertor verschwanden, drehte sie sich auf dem Absatz um und ging ins Haus.

Maria setzte sich vor ihren Teller und überließ es einer konsternierten Anna, die Suppe auszugeben. Sie aß, erst langsam, dann mit immer besserem Appetit. Als die Gesellen herbeikamen, grüßte sie freundlich, ignorierte aber die neugierigen Seitenblicke und kam auf die anstehende Arbeit zu sprechen. Es gab viel zu tun, aber es war keineswegs unmöglich, alles zu schaffen. Das Aquarell, nach dem die Stadtansicht gestochen werden sollte, war bereits fertig, und der ältere Geselle saß schon über der Arbeit. Sie würde ihm vertrauen können. Ansonsten standen nur noch ein paar Stillleben aus, die von Frankfurt her bestellt worden waren. Da beschloss Maria Sibylla, dass es endlich an der Zeit war, die Stiche für ihr geplantes Buch anzufertigen. Sie hatte vor, sie alle selber auf das Kupfer zu bringen. In der Werkstatt war ja nun ein Platz frei geworden, und weder Andreas' Unausgeglichenheit noch seine Unordnung würde sie künftig stören. Sie begann, mit den beiden Männern die Arbeitspläne festzulegen, holte Feder und Papier, schob den Teller beiseite und erstellte eine Liste der Dinge, die sie kaufen mussten. Farben fehlten, die würde sie selbst herstellen. Ihre Jungfern-Companie konnte ihr dabei helfen. Langsam kam wieder Leben in Maria Sibylla.

Als sie Anna half, die Teller wegzuräumen, dachte sie, dass es einen Grund dafür gegeben haben musste, warum sie gerade diesen Mann geheiratet hatte, der so schwach und unzuverlässig war. Nächtelang hatte sie wach gelegen an seiner Seite und sich dafür angeklagt, dass sie auf die paar Zärtlichkeiten hereingefallen war, auf die kindliche Art, das Hilflose in ihm. Jetzt sprach eine neue, unerbittliche Stimme in ihr: Du hast sein Werben zugelassen, sagte sie, weil du gespürt hast, dass er dir nicht im Weg sein würde. Dass er weder deine Leidenschaften binden würde noch dein Interesse. Und dass er nie das Format haben würde, sich dir mit Macht in den Weg zu stellen. Ja, selbst wenn Andreas da war, war er so gut wie nicht vorhanden. Oft hatte sie darüber gejammert. Andererseits hatte sie frei über ihre Zeit verfügen können. Sie hatte all ihre Kräfte für sich gehabt.

Gut, das zu wissen, dachte Maria. Nicht länger nötig, sich zu schämen angesichts der Wahrheit. Da die Dinge nun einmal so lagen, wie sie lagen, musste sie sich nur noch damit abfinden, nie so geliebt worden zu sein, wie sie gedacht hatte.

32

Vier Tage später kamen die Mädchen ihrer Companie wie auf Verabredung alle wieder zu ihr: Clara mit ihrem gewohnt ruhigen Lächeln, Dorothea mit fröhlichem Trotz, Susanna wie immer stark mit sich selbst beschäftigt und hoch zufrieden mit der eigenen Person, Barbara vorsichtig, aber mit einem entschlossenen Leuchten in den Augen. Keine verlor auch nur ein Wort über das jüngst Gewesene, aber Maria Sibylla verstand gut genug, dass sie alle ihren Kampf ausgefochten und gewonnen hatten. Weil jede für sich beschlossen hatte, keine Angst mehr zu haben. Nur Magdalena war nicht dabei.

Maria spannte die Mädchen dafür ein, ihr die ersten Stiche für ihr geplantes Blumenbuch auszumalen. Es sollte in drei Ausgaben erscheinen: koloriert, halb koloriert oder als schwarz-weißer Druck, je nach Geldbeutel des potenziellen Käufers. Aufs Kupfer brachte sie alles selbst, aber beim Malen konnte sie Hilfe brauchen. Auf die andere Aufgabe, die sie keineswegs aus den Augen verloren hatte, wollte sie ihre Jungfern erst langsam vorbereiten. Es war keine Kleinigkeit, diesen braven Bürgerskindern die Jagd auf einen Geistlichen schmackhaft zu machen.

»Vorsicht, Dorothea, komm bei der Kirsche nicht über den Rand.«

Die junge Malerin biss sich auf die Zungenspitze, die sie immer bei kniffligen Arbeiten zwischen den Zähnen stecken hatte. »So ein Jammer«, klagte sie.

Die anderen unterhielten sich über das schöne Rot. Maria stellte ihre Farben selbst her, aus Pflanzen und

Früchten. »Und sie leuchten ebenso wie das neue spanische Rot«, staunte Clara. »Ich habe einige Ellen Stoff bekommen, der damit gefärbt ist. So satt und dunkel.« Sie geriet ins Schwärmen.

»Woraus es wohl gemacht ist?«, fragte Susanna. Sie war ein wenig neidisch, denn solch eine Kostbarkeit konnten nur Patriziertöchter sich leisten. Die Spanier brachten den Farbgrundstoff in Fässern aus der Neuen Welt mit, er war selten und kostbar und seine Herstellung ein wohlgehütetes Geheimnis.

Maria Sibylla blieb gelassen. »Das alte Rot, mit dem deine Familie gehandelt hat, Clara, wurde aus Läusen gewonnen. Ich nehme an, mit dem neuen wird es nicht anders sein.«

»Iiiiiih«, kreischten die Mädchen.

Maria lachte. »Wusstet ihr das nicht? Es ist das gleiche Rot, das im Rouge und in der Schminke steckt. Ihr bemalt euch die Gesichter mit Läuseblut.«

Die Mädels wollten es nicht glauben. »Aber es heißt doch, das Rot stammt von der Eichenbeere.« Clara dachte an ihren schönen roten Festtagsrock und verzog unglücklich das Gesicht.

»So nannten die alten Griechen es, ja«, bestätigte Maria. »Es klingt viel besser als Eichen*schildlaus*, oder?«

»Farben und Läuse«, warf Dorothea endlich ein. »Möchte sich hier eigentlich keiner mehr über den Mord unterhalten? Wir haben immerhin noch ein Mädchen, dessen Tod ungesühnt ist.« Sie gab der Kirsche den letzten Pinselstrich und legte prüfend den Kopf schräg.

Alle verstummten.

Nur Maria lächelte. Endlich waren die Mädchen da, wo sie sie haben wollte, ganz ohne dass sie selbst etwas dazu hätte tun müssen. »Ja, nicht wahr?«, meinte sie nebenher. »So wie man sich daran gewöhnt, sich mit Läuseblut zu schminken, so kann man auch mit dem Bösen unter einem Dach leben.« Sie machte eine Pause. Es würde nicht leicht sein, die Mädchen, gute Christinnen allesamt, für ihren Verdacht zu erwärmen. Wenn es ihr nicht einmal bei ihnen gelang, dann würde sie nirgendwo Erfolg haben. Sie brauchte ihre Unterstützung, wenn sie gegen Heuchlin würde vorgehen wollen, ehe noch ein weiteres Unglück geschah. »Man nimmt das eine wie das andere als selbstverständlich hin, wenn man es nicht zu genau weiß.«

»Man sollte es aber wissen wollen.« Das war Bärbel.

»Aber die Spur zu Hoffmann war doch ein Griff in die Kloake«, warf Susanna ein und grinste Clara zu, die empört die Stirn runzelte.

»Ja, wir haben nichts in der Hand, wo wir anknüpfen könnten«, gab selbst Dorothea zu. »Allenfalls der schlimme Mensch, mit dem die Gebhardin zusammen war. Aber sonst ...«

Maria musste das ungute Gefühl unterdrücken, das die Erinnerung an Andreas und seinen Kumpan in ihr auslöste. Die beiden Männer, die mit Beata einmal eng zu tun hatten und sich gegenseitig ein Alibi für die Mordnacht gaben, hatten sich gemeinsam auf und davon gemacht. Und wieweit konnte man der Aussage des Wirtes schon trauen, dem sie Geld schuldeten? Dann aber verfolgte sie weiter ihren Plan. »Hat der Diakon Heuchlin eigentlich kein Weib?«, fragte sie betont beiläufig.

»Wie kommst du darauf?«, gab Dorothea zurück. »Natürlich. Er ist schon verheiratet hergekommen. Eine reiche Witwe, sagt man, viel älter als er selber.«

»Und sie soll kränklich sein«, fügte Clara hinzu. »Dr. Volkamer geht bei ihnen aus und ein, ohne rechten Erfolg allerdings, soweit ich es mitbekomme. Manchmal beschwert er sich, die Frau weigere sich förmlich, gesund zu werden. Klage nur und lege sich zu Bett und lasse sich gehen. Warum fragst du?«

»Nur so«, meinte Maria. Sie beschloss, fürs Erste zu verbergen, wie gut ihr diese Nachricht zupass kam. Auch dass sie von Dr. Volkamer Näheres über das Ehepaar erfahren könnte, war ein Glücksfall. Sie wollte Clara gerade fragen, ob der Doktor bei der für heute geplanten Besichtigung seiner Gärten persönlich anwesend sein werde. Vielleicht kannte er sich sogar mit Erkrankungen des Gemütes aus, denn genau das schien Heuchlin ihr zu sein: krank. Sie sollte sich doch einmal die Gedichte des Diakons ansehen, vielleicht fände sich da die Spur einer Krankheit – wie die Puppe, in der sich der Falter verbarg – und sie könnte sich ihr als Forscherin nähern …

Es klopfte an der Tür. Anna öffnete und wurde beiseite gedrückt von einer energischen Magd, die Maria Sibylla bereits aus dem Haus der Witwe Fürst kannte. »Verehrte Gräffin«, grüßte diese und deutete einen Knicks an.

Maria nickte ihr zu und ließ erstaunt den Pinsel sinken.

»Ich soll fragen, ob das Fräulein hier ist, die Magdalena.«

»Moment«, begann Maria. »Hat die Fürstin nicht dafür gesorgt, dass Magdalena den Unterricht nicht mehr besucht? Sie war schon seit Tagen nicht mehr bei mir, ich nahm an …«

Die Magd schaute unglücklich aus. »Himmel, wenn wir nur wüssten …« Sie rang die Hände. »Wir haben einfach gehofft, sie wär da. Aber …«

Die Mädchen schauten einander an.

»Sie fehlt schon seit dem frühen Morgen und hat keinem was gesagt.«

Maria fröstelte unwillkürlich. Sie zog die Schultern hoch und wickelte ihr Tuch enger um sich. »Wisst ihr denn nicht, was für ein Tag heute ist?«, fragte sie.

Die Mädchen sahen ebenso verständnislos drein wie die junge Magd.

»Heute ist die Hinrichtung«, sagte Maria. »Die Hebamme, versteht ihr nicht? Wieder wird eine Seele in den Himmel gehen.«

Die Magd bekreuzigte sich.

Clara wurde blass. Sie vermochte nur zu flüstern: »Und diese arme Seele wird Begleitung brauchen.«

Dorothea war schon auf den Beinen.

Maria Sibylla aber war schneller. »Ihr bleibt«, bestimmte sie. »Ich erledige das allein.« Damit nahm sie die Magd am Arm und zog sie mit sich hinaus. »Sag deiner Herrin, dass ich hoffe, ihr das Mädchen in der nächsten Stunde zu bringen. So oder so werde ich vorbeikommen. Ich muss mit ihr reden.« Damit machte sie sich auf den Weg.

Im Ohr hatte sie Magdalenas Stimme: Ich bin auch so ein Todesfalter. Ja, sie hatte eine klare Vorstellung davon, wo sie das Mädchen würde finden können.

33

Schon am Königstor herrschte heftiges Gedränge, das sich erst auf dem Weg zwischen den Hügeln ein wenig lichtete. Trotzdem war heute hier draußen mehr los als an den üblichen Waschtagen in der »Wäsch«, die zu Marias Linker lag, nicht weit vom Rabenstein entfernt. Das gemauerte Podest mit dem Bildstock, vor dem die Verurteilten beten und bereuen durften, stand gut sichtbar auf einer Erhebung gegenüber dem kleinen Wald aus Galgen und Rädern, der Nürnberg als Richtstätte diente. An einem der hölzernen Konstrukte würde heute Beatas Mutter hängen.

Maria Sibylla drängte sich durch die Schaulustigen. Viel Abschaum war gekommen, der kaum andere Vergnügungen hatte und das Zuschauen beim Todeskampf als billigen Genuss schätzte. Aber auch so manch bekanntes Gesicht war dabei: ehrbare Nürnberger Bürger, gekommen, um den Vollzug der Gerechtigkeit zu bestaunen, die ihr Rat beschlossen hatte. Man fand nichts Ehrenrühriges daran. Maria bemerkte vorne, dicht beim Henker und seinen Knechten, den Lochschöffen Nützel, der das zweifelhafte Vergnügen hatte, in seiner kurzen Amtszeit gleich zwei Morde untersuchen zu dürfen. Die Behaimin war da, in Begleitung einiger Verwandter. Maria sah auch Claras Vater, der wohl zu den Richtern gehört hatte, und noch so manch anderen Großen der Stadt.

Die Gebhardin entdeckte sie zuletzt. Ein kleines, zusammengesunkenes Bündel Mensch war sie geworden, wie sie da auf dem Karren hockte, der bald unter ihr weggefahren würde. Die Zeremonie war bereits vollzogen, der Richtspruch noch einmal bestätigt worden, der Strick lag schon um den Hals der Hebamme, die ein Gesicht zog wie jemand, der nicht recht weiß, wie ihm geschieht. Dabei liefen ihr pausenlos die Tränen über die Wangen. Es war, als hätte ihr Körper verstanden, was ihr Geist nie würde zu fassen vermögen: dass es vorbei war.

In der Menge ringsum hörte Maria es murmeln, Beatas Mutter habe sich als Henkersmahlzeit einen Extrakrug Schnaps gewünscht. Aber nicht mal der hatte das Weinen zurückhalten können oder die Angst in ihr gedämpft. Wer weiß, vielleicht hatte er wie bei manchem Säufer das Selbstmitleid nur noch verstärkt. Maria wünschte der Frau, dass sie nur eine unklare Vorstellung von dem haben möge, was als Nächstes geschähe. Sie versuchte, an das tote Neugeborene zu denken, an dessen Mutter und Verwandte. Am liebsten hätte sie die Augen vor all dem verschlossen.

Aber sie war hier, um nach jemandem Ausschau zu halten, auch wenn das in dem Gedränge fast hoffnungslos erschien. Als der Karren, von Ochsen gezogen, anfuhr und der Henker die Verurteilte ins Bodenlose stieß, als das Seil sich straffte und die Füße in der Luft zu rudern begannen auf der instinktiven Suche nach einem Halt, stöhnte die Menge auf und warf sich in einem Impuls nach vorne. Die Wachen hatten damit schon gerechnet. Mit ihren langen Spießen verwehrten sie den Vordersten jeden weiteren Schritt und fingen die Woge der Leiber ab. Nach und nach wurde es ruhiger, doch die Blicke blieben wie hypnotisiert an der mit dem Tode ringenden Gestalt hängen, durch deren Körper letzte Krämpfe gingen, während sie sacht hin und her baumelte. Noch einmal zuckte ein Fuß, ein Schuh fiel herab. Urin lief das Bein hinab, tropfte von den Zehen und fiel zu Boden.

Da entdeckte Maria Sibylla ihre Schülerin. Sie war zwischen den Wächtern hindurchgeschlüpft, hob den Schuh auf und schob ihn der Sterbenden wieder über den Fuß. Gebannt schaute sie zu der Hebamme auf. Sie schien etwas zu ihr zu sagen.

Maria Sibylla konnte nicht verstehen, was es war. »Magdalena!« Mit aller Kraft kämpfte sie sich durch die Menge, um bei ihr zu sein, noch ehe die Wachen sie überwältigt oder gar abgeführt hätten. Nicht auszudenken, wenn das Mädchen ins Gefängnis kam. »Magdalena! Ich bin hier!«

Ihre Schülerin wehrte die Hände der Männer ab, die sie von der Leiche – denn eine Leiche war es nun, die dort oben hing – wegziehen wollten. Sie gönnte ihnen nicht einen Blick. Ihr Kopf war in den Nacken gelegt, sie hatte nur Augen für die Tote. Maria wusste, was sie dort suchte: ein Lächeln des Einverständnisses, des Dankes – ein Band, das ins Totenreich hinüberführte bis hin zu Magdalenas Vater. Das Gesicht des Mädchens, stur der Gebhardin zugewandt, strahlte vor Hoffnung.

Als die Wachen sie fortziehen wollten, schrie Magdalena auf. Sie trat um sich und wehrte sich mit allen Kräften. »Nein, nein, nein!« Ehe sich's jemand versah, biss sie den Henkersknecht in die Hand. Der brüllte auf und ballte die Faust.

»Nicht! Ich bin ...« – ihre Lehrerin, wollte Maria rufen. Doch jemand anderes kam ihr zuvor.

34

Auf einmal stand Heuchlin neben dem Mädchen.

Starr vor Schreck beobachtete Maria Sibylla, wie der Diakon mit den Wachen verhandelte und sie mit der Autorität seines geistlichen Gewandes offenbar davon überzeugte, die Verwirrte ihm zu überlassen, da sie einer seiner Schützlinge sei.

»Moment«, rief Maria, »ich …« Aber es ging in der aufgeregten Menge unter, in deren wogender Mitte sie hin und her geschoben wurde. Hilflos musste sie mit ansehen, wie Magdalena freigegeben wurde, wie der Diakon sie umarmte und eiligst zwischen all den Neugierigen hindurchzog. Die beiden kamen so nahe an Maria vorbei, dass sie sie beinahe hätte berühren können. Sie streckte die Hand aus, erreichte sie aber nicht, weil ein dicker Bauer sich dazwischenzwängte. Dann war der Moment vorüber. Magdalena war fort.

Immer drängender wurden um Maria herum Forderungen laut, man solle die Zehen der Toten zählen, man solle nach Wunden sehen, um sicherzugehen, dass die Verrückte der Hebamme nichts abgeschnitten hatte, um damit bösen Zauber zu treiben. »Das war eine Hexe.« – »Eine Zauberin!«

»Nein«, rief Maria aus, »nein, das ist nicht wahr. Sie ist krank. Einfach nur ein krankes Mädchen!« Aber niemand wollte etwas davon wissen. Vergeblich schrie sie und ruderte mit den Armen. Am Ende packte eine Wache sie am Arm und zischte ihr zu, sie solle »sich schleichen und dankbar sein«. Einige Augenpaare wandten sich ihr fragend zu. Mit einem Mal erfasste Angst Maria. Und sie floh.

Immerhin schien keiner der Krakeeler die Tochter des verstorbenen Verlegers Fürst erkannt zu haben. Sie musste der Familie Bescheid geben. Magdalena brauchte dringend einen Arzt, am besten einen von jenseits der Stadtgrenzen. Sie könnte ja vielleicht eine Weile zu Verwandten aufs Land ziehen, bis niemand sich mehr so genau an den Vorfall heute erinnerte. All das musste sie der Mutter sagen. Es konnte noch alles gut werden.

Mit diesem schwachen Trost bahnte Maria sich ihren Weg durch die Menschenmassen, die nach wie vor aus dem Tor strömten, um wenigstens die Tote noch hängen zu sehen. Sie war zerzaust und am Ende ihrer Kräfte. Ihr war, als hätte sie sich eben erst durch ein Unwetter gekämpft. Oder wäre auf hoher See ausgesetzt gewesen. Sie würde noch mehr als ein Mal hiervon träumen: von der wütenden Menge, von der Wut und der Lust, mit der sie nach Blut und Schuld und Hexen gerufen hatte. Und sie würde ihr eigenes Gesicht dabei sehen.

35

Es dauerte lange, bis Maria endlich beim Haus der Familie Fürst ankam. Magdalenas Mutter empfing sie mit besorgtem Gesicht. »Und?«

Maria rang nach Atem. »Es war, wie ich dachte«, berichtete sie, »Magdalena war bei der Hinrichtung. Ich habe sie da gesehen.«

»Ja, und ...?«, begann Frau Fürst. »Was sollte sie denn da? Und wo ...?«

»Das ist eine lange Geschichte. Aber eine viel wichtigere Frage: Habt Ihr hier im Haus mit dem Diakon Heuchlin zu tun?«

»Ja. Nein. Er kommt manchmal, ich meine ... Warum?«

»Weil er Magdalena mitgenommen hat«, unterbrach Maria Sibylla die wirre Rede. »Ich dachte, er würde sie hier bei Euch abliefern.«

»Hier ist sie nicht.« Die Witwe Fürst starrte Maria auf die für sie typische, ratlose Weise an.

Da legte Maria ihr höflich, aber eindringlich nahe, sie möge jemand nach Sankt Sebald schicken und nach dem Diakon fragen lassen. Nach geraumer Zeit, in der Maria kaum still zu sitzen vermochte, während die Fürstin ruhig über ihrer Stickarbeit saß, kam die Magd wieder zurück, unverrichteter Dinge: Weder Heuchlin noch Magdalena waren dort oder irgendwo anders gesehen worden.

»Versteht Ihr das?«, wandte Maria sich verzweifelt an die Mutter.

Sie schüttelte den Kopf.

»Wir müssen etwas unternehmen.«

»Ach, ich weiß nicht.«

»Eure Tochter ist verschwunden.«

»Ja«, sagte die Fürstin langsam, als müsse sie noch über den Umstand nachdenken. »Aber doch in Begleitung eines Diakons.«

»Das ist es ja gerade!« Selbst wenn Maria bedachte, dass Magdalenas Mutter nichts von ihrem Verdacht gegen Heuchlin wusste, fasste sie es nicht, wie gleichmütig diese ihre Näharbeit wieder zur Hand nehmen konnte. Es war ihr klar, dass diese Frau die Letzte war, die ihr Glauben schenken würde, dennoch musste sie es wagen. Immerhin war sie Magdalenas Mutter. Sie musste die Fürstin davon überzeugen, dass der Rat davon erfahren und das Mädchen offiziell suchen lassen sollte.

Aber so unentschlossen und ratlos die Fürstin sonst wirkte, in diesem Punkt blieb sie hart. Mit wachsendem Missmut, anders konnte man es nicht nennen, lauschte sie Marias Ausführungen und zog ein Gesicht dabei, als würde man ihr ein ekelhaftes Insekt zeigen. »Das ist alles höchst unpassend«, war am Ende ihr Kommentar. »Nein, nein und nochmals nein. Unser guter Name ist alles, was wir als Witwe und Waisenkind noch haben. Ich werde nicht zulassen, dass er im Zusammenhang mit solch geschmacklosen Spekulationen genannt wird.«

»Riskiert Ihr lieber, dass Magdalena etwas geschieht?«

Die Fürstin richtete sich würdevoll auf. »Meiner Tochter wird nichts geschehen. Sie ist in Gottes Begleitung. Was bei Euch nicht gewiss ist, Gräffin. Bitte verlasst mein Haus.« Sie biss sich auf die Lippen und mäßigte ihren Ton ein wenig. »Geht in Euch«, fuhr sie milder fort. »Dann werdet Ihr merken, wie unsinnig das alles ist.«

Der Geschäftsführer des Fürst'schen Verlags, den sie anschließend aufsuchte, damit er seinen Einfluss auf die Witwe geltend mache, äußerte sich ebenso. Das Mädchen sei nun einmal eigenwillig und voller seltsamer Einfälle. Einmal habe man sie zwei Tage lang gesucht und dann auf dem Dachboden gefunden. Was sollten die Leute denn denken!

Es half alles nichts. Maria musste unverrichteter Dinge nach Hause gehen.

Dort hatten sich die Jungfern ihrer Companie bereits versammelt. So zaghaft sie sich im Fall Beata gezeigt hatten, so eifrig wollten sie sich nun um ihre Gefährtin kümmern. Sie beschlossen erneut auszuschwärmen, jede wollte sich einen Bereich aus Magdalenas Leben genauer ansehen, seien es Freunde, Verwandte oder Orte, von denen sie wussten, dass das Mädchen sie liebte.

Clara erklärte sich bereit, Heuchlin zu befragen, auch wenn sie ebenso wenig wie die anderen etwas von Marias Verdacht gegen den Geistlichen hören wollte. »Das wird sich klären«, sagte sie nur, als Maria versuchte, ihnen verständlich zu machen, wie sie zu ihrer Theorie kam. »Das wird sich alles klären. Mit Gottes Beistand.« Maria schnaubte. Ihr war klar, dass Clara Heuchlin mit Samthandschuhen anfassen würde. Lieber hätte sie dieses Gespräch selber mit ihm geführt. Aber Clara war die Einzige, die ihm gegenüber das Thema überhaupt anschneiden durfte, ohne Sanktionen befürchten zu müssen. Sie schützte der Name ihrer Familie. Und sie war geschickt im Umgang mit Menschen, Clara würde kein Aufsehen erregen.

Maria selbst hatte bereits eine Verabredung für diesen Tag. »Dr. Volkamer hat zugesagt, mir heute seine Gärten zu öffnen. Ich muss da hin. Er kann mir sicher Auskunft über Heuchlin geben.«

»Ist ja gut, Maria«, versuchte Dorothea sie zu beruhigen. »Wir wissen, dass der Diakon dir und Lenchen übel mitgespielt hat. Und er ist ja wirklich ein Ekel.«

»Ekel?«, gab Maria aufgebracht zurück. »Ekel nennt ihr das? Der Mann ist gefährlich.«

Dorothea schüttelte den Kopf. »Das mit der Krähe war wirklich geschmacklos. Aber wir müssen einen klaren Kopf behalten.« Sie nickte den anderen zu und nahm dann Marias Hand. »Vielleicht ist es wirklich das Beste, du machst mal Pause. Ruf Anna, sie soll dir die Ausrüstung zusammensuchen, und schau dir in Ruhe die Falter in Volkamers Gärten an.«

»Aber Magdalena ...«

Barbara fiel ihr ins Wort: »Hat dir die Fürstin nicht deutlich genug klargemacht, dass sie das Verschwinden ihrer Tochter nicht herumzutratschen wünscht?«

»Ich halte jedes weitere Warten für einen Wahnsinn«, stöhnte Maria.

»Und hast du uns nicht beigebracht, dass man warten können muss? Als Forscherin und als Künstlerin? Dass es auf den rechten Moment ankommt?«, setzte Barbara nach.

»Wir kümmern uns doch um alles.« Beruhigend legte Clara den Arm um Maria. »Dorothea geht sogar noch mal an die Hinrichtungsstätte.«

»Dir graut es wirklich vor nichts«, bemerkte Bärbel ehrfürchtig.

Clara tadelte sie ausnahmsweise nicht. »Mehr kann man jetzt nicht tun«, redete sie weiter auf ihre Lehrerin ein. »Vermutlich löst sich bald alles in Wohlgefallen auf.« Sie runzelte die Stirn. »Das muss es auch, sonst fürchte ich ernsthaft um Magdalenas guten Ruf.«

»Vielleicht geht es ja um viel mehr – vielleicht geht es um ihr Leben!«

»Ach, Maria, nicht doch. Wir kennen doch alle unsere Magdalena.«

»Ihr habt sie nicht gesehen, wie sie da stand und die Gehenkte ...«

»Brrrr, erspar uns das!«, rief Susanna entsetzt. Und auch Dorothea hob abwehrend die Hände. »Genug geredet jetzt. Los, machen wir uns endlich auf den Weg.«

Clara gab Maria Sibylla den Auftrag, Dr. Volkamer von ihr zu grüßen. »Und genieß es«, riet sie der Freundin, »auch wenn es schwerfällt. Seine Gärten sind wirklich bemerkenswert. Vielleicht hast du ja Glück und entdeckst einen besonderen Falter dort.«

»Na ja.« Maria machte ein ungewisses Gesicht. Es widerstrebte ihr zuzugeben, dass bei aller Aufregung um Magdalena die Aussicht auf einen ungewöhnlichen Raupenfund sie nicht gleichgültig ließ. Zu andern Zeiten hätte sie ihr Leben für so eine Chance gegeben.

»Wart's ab«, meinte Clara. »Mit Gottes Hilfe finden wir Magdalena, und du findest deinen Falter.«

Die Jungfern verabschiedeten sich von ihrer Lehrerin und strebten auf dem Milchmarkt auseinander, jede ihrem eigenen Ziel zu.

36

Mit gemischten Gefühlen machte Maria Sibylla sich auf den Weg, schwer vertieft in höchst widersprüchliche, sich kreuzende und überlagernde Gedanken: an Heuchlin, an Brasilien, an feuerfarbene exotische Falter, die verschwundene Magdalena, an Morettis Fresken, den Diakon, ihren Mann und nicht zuletzt die beiden toten Frauen, Mutter und Tochter. Nichts von alldem schien bloßer Zufall zu sein, doch passte es auch nicht zusammen. Die Fakten bildeten kein Muster. Man konnte sie nur weiter beobachten, wie einen Dattelkern, und sich wundern über das, was ausschlüpfte. Maria erinnerte sich daran, wie einmal aus der Puppe einer ihr bekannten Raupe statt eines Falters eine Handvoll Fliegen hervorgekrochen war, gegen alle Regeln und gegen die Erwartung. Damals hatte sie ebenso wenig verstanden, was geschah, dennoch war sie sicher gewesen, so wie sie es jetzt war, dass es dafür eine Erklärung geben musste.

Aber sie kam nicht darauf. Es blieb für heute bei sich überlagernden Bildern, die allesamt verblassten, als sie endlich vor dem Tor des Volkamer'schen Anwesens stehen blieb. Sie straffte sich und rückte ihren Umhang zurecht. Nervös klopfte sie mit den Händen den Gassenschmutz vom Saum ihres zweitbesten Kleides. Es galt, einen guten Eindruck zu machen. Sie war als Wissenschaftlerin hier und wollte dem Vertrauen, das man ihr entgegenbrachte, indem man ihr die Tore zu diesem Privatgarten öffnete, in jedem Fall gerecht werden. Hastig überprüfte sie ihre zusammengeraffte Ausrüstung: das Netz, die Lupe, die Schächtelchen, das kleine Messer, mit dem sie den Raupen die passende Nahrung schneiden wollte. Sie hatte auch Feder, ein kleines Tintenset und Papier eingesteckt. Dass sie vorhatte, damit Volkamers Aussagen über Heuchlin zu Papier zu bringen und nicht etwa die Umrisse fremder Raupen, musste ja nicht für jeden gleich ersichtlich werden. Vielleicht ergab sich sogar die Gelegenheit zu beidem.

Langsam spürte Maria Sibylla die wohlvertraute, wunderbare Aufregung des Forschens in sich aufsteigen. Sie würde Neuland betreten, mit jedem Blick würde sie unbekannte Dinge, fremde Sachverhalte erfassen. Es galt offen zu sein und achtsam. Eine kribbelnde, ganz und gar positive Erregung erfasste sie.

»Ah, die Wissenschaftlerin ist da.«

Dr. Peller, dessen Gestalt ihr nun schon so vertraut war mit der altmodischen Perücke unter dem Hut, trat auf sie zu und grüßte sie formvollendet.

Maria Sibylla lächelte.

»Wollen wir?«, fragte er und stieß das Tor auf. Es knarzte verheißungsvoll in den Angeln.

»Ich kann Euch natürlich keinen Malvasier anbieten, wie Ihr es sicher gewohnt seid.«

Clara versicherte der Frau des Diakons, das sei gar nicht nötig. Unwohl lehnte sie sich in dem Stuhl zurück, den die Heuchlinin ihr in die Schlafkammer hatte tragen lassen. Die Frau schien es gewohnt zu sein, all ihre Geschäfte vom Bett aus zu regeln, soweit sie überhaupt in das Tagesgeschehen des Hauses eingriff. Die Luft war zum Schneiden dick, ein Gemisch aus Schweiß, schlechtem Atem und kaltem Kohlenrauch. Auf der Truhe und dem Wandbord lag fingerdick der Staub, der Boden klebte von Essensresten und Schlimmerem, die Bettschüssel hätte längst aus dem Fenster geleert werden müssen. Die Mägde schienen das Krankenzimmer nur ungern zu betreten. Ob der Diakon je hier hereinkam? Eher nicht, vermutete Clara, denn die Heuchlinin hatte zwei Kissen in ihren Rücken geschoben, es gab nur eine Decke, und die Kuhle in der strohgestopften Matratze befand sich in der Bettmitte. Clara war stolz auf ihre Beobachtungsgabe. Maria, dachte sie, die jedes Härchen an einem Raupenbein entdeckte, hätte das nicht besser machen können.

Die Frau wirkte eher ungewaschen als krank. Das graue Haar hing ihr in nachlässig geflochtenen Zöpfen unter der Haube hervor, ihr Nachthemd war mit Soße bekleckert – aber sie schien nicht abgemagert, und ihre Haut war rosig. Zwar sprach sie mit einer dünnen, leidenden Stimme, doch sprach sie ununterbrochen. Die Luft schien ihr nicht auszugehen, wenn sie die vielen Vergehen ihres Mannes aufzählte, der sie vernachlässigte und missachtete, wo er nur konnte. Auch jetzt wusste sie nicht, wo er steckte. »Mir sagt er ja nie etwas, keiner spricht mit mir. Sie verzehren mein Geld und lassen mich hier verkommen.«

Mit leichtem Ekel betrachtete Clara die Heuchlinin. Was tat sie nur den ganzen Tag, womit brachte sie die Zeit hin? Clara konnte nirgends einen Stickrahmen oder sonst eine Handarbeit entdecken, mit der gottesfürchtige Frauen die gefährlichen, dem Herrn nicht gefälligen Stunden des Müßiggangs vertrieben. Es wunderte sie, dass der gestrenge Diakon dergleichen in seinem eigenen Heim duldete. »Also dann«, brachte Clara hervor und stand auf. Sie suchte nach dem passenden Wort für einen schnellen Aufbruch. Es war gar nicht so einfach, der Heuchlinin zu entkommen. Kein Wunder, dass der Diakon nach allem, was man hörte, so überaus fleißig und geschäftig in der Gemeinde war.

»Aber so bleibt doch. Ihr habt mir noch gar nicht Euer Anliegen vorgetragen. Worum geht es denn?« Im Gesicht der Bettlägrigen zeigte sich eine Gier, die Clara geradezu erschreckte. Diese Frau, die nie aus ihrer Kammer herauskam und die Welt nur noch durch die trüben Scheiben ihres stets geschlossenen Fensters sah, litt an einem Hunger nach Leben, den sie in Ermangelung eines eigenen Lebens am Schicksal anderer stillte. Dieser Frau etwas von Magdalena zu erzählen, wäre nicht klug. Nein, die Heuchlinin auch nur nach ihr zu fragen, wäre gerade so, wie es dem Nachtwächter zum Ausrufen zu geben. Da konnte sie ebenso gut gleich zum Rat gehen oder sich den Zorn der Fürstin zuziehen.

»Ihr wollt wirklich schon gehen?« Anklage, regelrechte Panik lag in der Stimme der Heuchlinin.

»Ich muss zum Kursus bei der Gräffin«, log Clara und bat ihren Schöpfer um Vergebung für diese Notlüge. »Sie unterweist uns im Sticken und Aquarellieren, müsst Ihr wissen. Und sie hält sehr auf Pünktlichkeit.«

»Ist das nicht die Falterfrau?«, fragte die Heuchlinin und fuhr, ohne eine Antwort abzuwarten, fort: »Mein Gatte sagt, sie hat Probleme mit dem Rat und wird sich bald verantworten müssen. Sie soll nicht christlich sein. Gebt gut acht, wenn Ihr dort seid.«

»Wenn Arbeit und Fleiß, Ehrlichkeit und rechtes Streben gottgefällig sind, so gibt es niemand Christlicheren als die Gräffin.«

»Wie schön, wie schön.« Die Heuchlinin betrachtete interessiert die vielen Ringe an ihren Händen. »Dann stimmt es wohl nicht, was man so hört.«

Clara wandte sich um. »Was hört man denn?«

»Ach«, begann die Frau des Diakons und lächelte auf ihre schmutzigen Finger hinab, dann hob sie den Kopf, »ach, wisst Ihr …« In ihrem Gesicht spiegelte sich Entsetzen. »Ich habe nichts …« Sie verstummte.

Clara wandte sich um. In der Tür, groß und düster, einen kranken Geruch verströmend, stand der Diakon. Grimmig betrachtete er seine Frau und das junge Mädchen.

Clara war gewiss nicht schreckhaft, aber jetzt wäre sie am liebsten fortgelaufen. Doch Heuchlins mächtige Gestalt füllte die Türöffnung ganz aus und versperrte jeden Weg nach draußen.

37

»Die Kaiserkronen sind wirklich prachtvoll.« Maria schaute sich um. Die Volkamer'schen Gärten waren wahrhaftig ein Schmuckstück. »Und dass die Zitrusbäume schon draußen stehen. Vor der Schafskälte.«

»Der Doktor ist aufgrund meteorologischer Berechnungen zu dem Schluss gekommen, dass keine Gefahr mehr besteht«, erklärte Peller respektvoll. »Er verbringt viele Nächte am Fernrohr und über Himmelskarten. Interessiert Ihr Euch auch für die Sterne?«

Maria Sibylla schüttelte den Kopf. »Nur für die Erde und was auf ihr kriecht und wächst. Es ist so vielfältig. Wenn man sich hineinvertieft, gibt es dort mehr zu sehen und zu entdecken, als man in einem ganzen Leben schaffen kann. Die Sterne werden warten müssen.«

Peller lächelte und schaute ihr zu, wie sie langsam von Busch zu Busch und von Staude zu Staude ging, schauend, schnuppernd, jedes Blatt mit den Fingern prüfend. »Übrigens zum Thema Warten«, sagte sie und hob den Kopf, »wann will der Doktor denn hier sein?«

Peller schien es nicht gehört zu haben. »Wenn man Euch zusieht, könnte man meinen, dass ein Gang durch diesen Garten einer Weltreise gleichkommt.«

Maria Sibylla lachte. »Ich hoffe nicht. In der Tat möchte ich eines Tages eine wirklich große Reise antreten. So wie Ihr. Und einen ganzen Kontinent entdecken.« Sie blieb stehen. »In diesem Tempo werde ich allerdings nicht weit kommen«, gestand sie und schaute sich um. »Und es ist auch nicht viel zu finden hier an Insekten. Wie damals in den Hesperidengärten.«

»Das tut mir leid«, sagte Peller. »Und auch der verehrte Dr. Volkamer würde es bedauern.«

»Wo ist der Herr Doktor denn nun? Ich würde ihm gerne meinen Dank abstatten für die Erlaubnis.«

Pellers Gesicht verschloss sich. »Der Herr ist beschäftigt«, wehrte er ab. Er schaute erst zu Boden und dann verlegen zu ihr auf. Langsam kam das vertraute, schüchterne Lächeln in sein Gesicht. »Um ganz ehrlich zu sein, habe ich ihn gar nicht erst gefragt, ob ihm Euer Besuch recht ist, und mir einfach den Schlüssel geborgt.«

»Oh«, entfuhr es Maria Sibylla. Unwillkürlich schaute sie sich um, ob schon jemand ihr Eindringen bemerkt hatte.

»Keine Angst«, fügte Peller hinzu. »Er vertraut mir ganz und gar und hätte wohl auch nichts dagegen. Ich wollte einfach freundlich zu Euch sein, da Ihr es zu mir wart.«

»Das weiß ich zu schätzen«, antwortete Maria Sibylla artig, die immer noch nervös war. »Doch ich muss gestehen, dass ich dieses Geschenkes im Moment nicht ganz froh werde. Wenn der Herr Doktor nun davon erfährt und es nicht gutheißt … Ich würde lieber gehen.«

»Ihr seid so klar und ehrlich. Mein Wort, ich habe nicht viele Frauen wie Euch getroffen.«

»Also, ich …«

»Bitte«, unterbrach er sie und wies mit der Hand auf eine Laube, wo auf einem Tisch zwei Holzteller und zwei Becher warteten. »Ich habe eine kleine Erfrischung für uns besorgt, einen kühlen Wein, da ich doch damit rechnete, Euch von Reisen in heiße Länder berichten zu müssen.«

»Aber der Herr Doktor ...«, wandte Maria Sibylla ein, obwohl sie tatsächlich Durst verspürte. »Ich habe bereits Ärger genug am Hals.«

»Ja, wir beide wissen, was es bedeutet, mit dem Rat aneinanderzugeraten, nicht wahr?«

»Ha!« Maria schnaubte und stemmte unwillkürlich die Arme in die Hüften.

Sie schauten einander an und mussten plötzlich beide lachen.

»Wisst Ihr, dass ich schon mal in einem fremden Garten war? Damals habe ich sogar eine Blume gestohlen«, gestand sie ihm.

Er lachte noch immer. »Ich werde Euren unangemeldeten Besuch auf meine Kappe nehmen«, versprach er und legte seine Rechte aufs Herz.

»Na gut, ein Schluck kann nicht schaden, ich bin tatsächlich durstig.« Maria ging ihm voraus zu der Laube. »Vielleicht könnt Ihr mir ja auch weiterhelfen. Kennt Ihr den Diakon Heuchlin?«

Anna wehrte die aufgeregten Fragen der Jungfern ab, die nach und nach von ihren Erkundigungen zurückkehrten. Sie wusste doch auch nicht, wo die Herrin so lange blieb. Auch Clara war noch nicht zurück, ebenso fehlte immer noch Magdalena; denn niemand hatte ein Spur von ihr gefunden.

»Maria sichtet gerade Falter und befragt Volkamer, das immerhin wissen wir«, stellte Dorothea klar. »Aber das mit Clara ist mir ein Rätsel.« Sie schnippte sich mit dem Finger gegen die Lippe, wie immer, wenn sie konzentriert nachdachte. »Erst verschwindet Magdalena *mit* dem Diakon, dann Clara *beim* Diakon. Das ist schon eine seltsame Geschichte.« Sie schaute auf. »Am Ende hat Maria doch recht?«

Zweifel und Angst mischten sich in den Gesichtern. Nur Bärbel wagte eine Antwort. »Aber das würde er sich doch nie trauen!« Etwas kleinlauter fügte sie hinzu: »So am helllichten Tag.«

Es blieb eine Weile still.

»Jemand sollte hingehen und nachsehen«, meinte Susanna schließlich. »Aber nicht ich«, fuhr sie fort und rieb sich angelegentlich den rechten Fuß. »Stellt euch vor, mir ist in der Färbergasse ein Schwein mitten auf den Spann getreten.« Sie schaute mitleidheischend. »Das gibt einen blauen Fleck, ganz bestimmt.«

»Ich gehe«, erbot Barbara sich.

Aber Dorothea schüttelte den Kopf. »Und wenn du dann auch weg bist? Nein, wir gehen alle zusammen.«

Am Haus des Diakons jedoch wurden sie beschieden, das Fräulein Imhoff sei zwar hier gewesen, aber schon wieder gegangen. Heuchlin stand mit einem Mal selbst in der Tür und sah höchst missmutig drein. »Ich habe sie nach Hause geschickt, wo sie hingehört«, brummte er. Dabei ließ er seinen Blick über die kleine Schar wandern, als suche er einen Sünder. »Was starrt ihr mich so an?«

Als keine eine Antwort wagte, schlug er die Tür zu. Die Mädchen standen ratlos da. Plötzlich hörten sie über sich ein leises Knarren. Dorothea war schnell genug, um einen Schritt zurückzutreten und an der Fassade emporzusehen. Sie bemerkte gerade noch, wie im ersten Stock ein Fenster geschlossen wurde. Danach waren eilige Schritte auf einem hölzernen Flur zu hören, eine Frauenstimme rief etwas, dann war es still.

»Clara soll schon zu Hause sein?«, meinte Barbara, halb zweifelnd, halb kläglich. Konnten sie dem Diakon denn glauben? Wenn nicht, mussten sie sofort Alarm schlagen. Und davor fürchteten sie sich fast noch mehr als vor schlechten Nachrichten. Nach kurzem Beratschlagen machten sie sich auf zum Egidienplatz. »Wenn sie da nicht ist, gehen wir zu deinem Vater«, entschied Dorothea.

38

»Der Wein schmeckt köstlich«, stellte Maria nach einem kräftigen Schluck fest. »Aber Wasser ist nicht viel drin.«

»Dafür etwas Weihrauch und Muskat«, erklärte der Arzt. »Und noch ein paar andere Kräuter. »Ich habe es mir angewöhnt, nach meinen Gängen aus dem Siechkobel einen Schluck davon zu trinken. Die Angst vor der Ansteckung weicht nie ganz.« Er berichtete Maria, die aufmerksam zuhörte, von seinen Pflichten als Arzt des Seuchenhauses. Manche der Insassen hätten Lepra, aber bei Weitem nicht alle. Manche litten unter namenlosen Krankheiten und wieder andere einfach nur unter ihrer Armut. »Ihr glaubt nicht, wie viele es gibt, die sich krank stellen, nur damit ich sie in den Siechkobel aufnehme und sie den Rest ihrer Tage sorgenfrei bei gespendetem Essen verbringen dürfen.«

»Sie nehmen es freiwillig auf sich«, wunderte sich Maria, »dass sie ihr Leben als Außenseiter und unter unheilbar Kranken verbringen?«

»Sie hungern«, erwiderte Peller. »Und Außenseiter sind wir alle, jeder auf seine Weise.«

»Ich würde die Herrschaft über mein Leben nicht so ohne Weiteres abgeben.« Da war Maria Sibylla sich sicher. »Auf Euer Wohl.« Nach einem kräftigen Schluck erhob sie sich. »Jetzt sollten wir aber wieder an die Arbeit gehen. – Oh!« Sie lachte. Schon war die Wirkung des Weines zu spüren.

Peller stand ebenfalls auf und hielt sie am Arm fest. »Und wenn ich Euch jetzt etwas sage?«, begann er, »etwas Wichtiges, etwas Persönliches. – Nein, keine Angst.« Er ließ sie vorsichtig los.

»Herr Doktor …«, wehrte Maria eilig ab und versuchte, sanft zu klingen, denn er tat ihr leid. Es gab bereits einen Mann, mit dem sie zusammenlebte, wenn auch mehr schlecht als recht. Und es gab einen weiteren Mann, für den sie ihr Leben hergegeben hätte, wenn auch nur einen wahnwitzigen Moment lang. Für einen weiteren Bewerber war da kein Platz. »Herr Doktor, bitte.«

Schuldbewusst schaute er zu Boden. Dann aber hob er den Kopf. »Aber ich werde sterben, wenn ich es nicht aussprechen darf.«

»Das gnädige Fräulein ist in der Stickstunde.« Das war alles, was die Mädchen im Hause Imhoff erfuhren. Sie brachten nicht den Mut auf, Claras strenger Mutter oder gar ihrem Vater zu sagen, dass das nicht stimmte. Weniger, weil sie selber nicht wussten, wo sich ihre Freundin gerade befand, sondern vor allem weil sie dann hätten zugeben müssen, dass sie alle ihre Zeit bei Maria Sibylla nicht mit gottgefälligem Sticken verbrachten. Die Suche nach einem Mörder oder nach einem verschwundenen Mädchen konnte wohl kaum als angemessene Tätigkeit für christliche Jungfern angesehen werden.

»Also müssen wir jetzt doch als Nächstes zu meinem Papa«, stöhnte Barbara.

»Das können wir Maria Sibylla nicht antun«, entgegnete ihr Dorothea.

»Aber du hast doch gesagt, dass wir zu ihm gehen, wenn sie nicht hier ist«, warf Barbara ein.

Dorothea wurde rot. »Na ja, ich dachte, dass *du* mit ihm reden würdest. Und überhaupt. Ach, Herrgott noch mal, ich weiß gar nichts mehr.«

Magdalena war fort und Clara, die kluge Clara, die immer das rechte Maß zu halten verstand, war ebenfalls verschwunden. Maria Sibylla suchte nach Schmetterlingen. Wer sollte ihnen jetzt sagen, ob sie nichts als ein Haufen hysterischer Weiber waren oder zu Recht besorgte junge Mädchen? Wer konnte ihnen jetzt sagen, was sie als Nächstes tun sollten?

»Das klingt mir ein wenig zu melodramatisch«, sagte Maria. Das heißt, sie wollte es sagen. Ihr Mund allerdings war trocken und ihre Zunge wie geschwollen. Sie brachte keinen Ton heraus und musste sich wieder setzen. Nur einen Moment, sagte sie sich, einen Augenblick der Ruhe. Dann sank sie zurück auf die Bank. Und wenn er mir weiter von seinen Gefühlen erzählt, dann halte ich mir einfach die Ohren zu. In ihrem Kopf brauste es. Sie hätte nicht herkommen sollen. Was war das nur?

»Das sind die Kräuter«, beantwortete Peller ihre nur in Gedanken gestellte Frage. Er hatte sie wohl auf ihrem Gesicht abgelesen. »Sie lähmen die Muskulatur. Aber keine Angst, der Geist bleibt bei allem hellwach.« Er hob die Hand und strich ihr mit zitternden Fingern über das Haar. »Eines meiner Mitbringsel aus Brasilien. Ihr habt Euch doch dafür interessiert, nicht wahr?«

Maria saß da, ohne sich zu rühren. Sie wollte ihm Einhalt gebieten, aber sie konnte es nicht. Ihre Arme wollten ihr einfach nicht gehorchen. Ihre Beine waren zu schwach, um ihr Gewicht zu tragen. Nicht einmal den Kopf konnte sie wegdrehen. Mit großen Augen saß sie da und ertrug seine Geste. Ihr Mund öffnete sich für ein Nein, das nicht kam.

Der Arzt liebkoste sie weiter, fuhr ihr mit dem Finger sacht über die Stirn, über die Wange. Dabei betrachtete er aufmerksam ihr Gesicht. Was er darin las, befriedigte ihn nicht. »Also auch Ihr.« Peller klang bitter. Er trat einen Schritt zurück, um seine Beute zu betrachten. »Beata hätte sich wahrhaftig nicht so aufzuführen brauchen. Die hatte doch mehr als einen Geliebten. Was kam's der noch auf einen mehr an? Froh hätte sie sein sollen: immerhin ein Gelehrter mit Amt und Einkommen. Aber nein. Hat gezappelt und geschrien und ein Gewese gemacht.«

Maria saß noch immer da wie eine Statue. Nur ihr Blick wanderte von Pellers Gesicht hinab zu seinen Händen, langfingrigen, kräftigen Händen, die eben noch über ihr Haar gestrichen waren. Im Geiste sah sie, wie sie sich um den Hals eines Mädchens legten.

»Und jetzt also Ihr.« Peller klang bitter. »Versteh einer die Weiber! – Erst freundlich tun. All das Interesse, das Mitgefühl, der liebe Ton. Und jetzt pass ich dir nicht, oder was?« Er ging in die Knie, um ihr direkt in die Augen sehen zu können. »*Ach, Brasilien*«, ahmte er ihren begeisterten Tonfall nach, und *Geht es Euch nicht gut, Herr Doktor?* Pah!« Er schnaubte. »Man kann einem Mann nicht erst so kommen und ihn dann fallen lassen wie eine heiße Kartoffel. Was bildest du dir eigentlich ein? Aber dir werd ich's zeigen.«

Die Ohrfeige, die er Maria Sibylla versetzte, warf sie seitlich auf die Bank. Hilflos blieb sie dort liegen wie eine umgefallene Puppe.

Peller neigte sich über sie. »Auf mir trampelt keiner mehr rum. Hörst du? Almosen, Drecksarbeit. Ihr kennt mich alle nicht.« Unter Schimpfen und Keuchen begann er, ihre Röcke einen nach dem anderen hochzuschieben.

Maria war wie gelähmt. Sie konnte nichts anderes tun als den Blick von ihm abwenden, hin zu dem Tisch, auf dem sich ihre Schächtelchen und Gerätschaften stapelten. Dort lag auch das kleine Messer, sie konnte die Scheide sehen, direkt neben dem Krug mit dem verdammten Wein. Es war gar nicht weit weg – und doch völlig außerhalb ihrer Reichweite. Sie griff in Gedanken danach, um es dem Mann in die Kehle zu stoßen, aber es blieb Bestandteil des friedlichen Stilllebens auf dem Laubentisch. Und dahinter verschwamm vor ihren Augen der blühende Garten. Zwischen den Weinreben sah sie einen Falter hervortrudeln: schwarz, mit einem Kranz orangefarbener Augen, die sie verständnisvoll ansahen. Er umhüllte sie mit seinen Flügeln, machte sie frei, nahm sie mit. Ihr Todesfalter. Wunderschön.

39

»Maria? Maria!«

Endlich schlug Maria Sibylla die Augen auf und blickte in das vertraute Gesicht Dorotheas, die sich besorgt über sie neigte.

»Ich ...« Mehr brachte Maria nicht heraus. Auch den Arm auszustrecken, gelang ihr nicht so recht. Aber ihre Freundin verstand sie auch so und half ihr zum Sitzen auf. »Wo ...?«, fiel es ihr dann ein. Ihr gehetzter Blick irrte umher.

Susanna hinkte beiseite und gab die Sicht auf Peller frei, der regungslos am Boden lag. »Keine Sorge«, sagte sie. »Den haben wir außer Gefecht gesetzt.« Dann prustete sie mit einem Mal los. »Dorothea hat den Krug genommen und ihm einfach über den Kopf gezogen. Stell dir vor! Er ist gefallen wie eine Eiche.« Sie konnte sich gar nicht wieder einkriegen. Angst und Aufregung lösten sich in einem langen Lachanfall.

Dorothea wurde glühend rot, nickte aber stolz. Auch Barbara war ganz ergriffen von der eigenen Courage. Verschwunden aus ihrem Blick die ewige Frage, ob man auch nichts Verbotenes tat.

»Es war Barbara«, rief Dorothea. »Sie hat gesagt, dass wir keine Angst haben dürften, genau wie du. Da haben wir dann auf die Wachen gepfiffen und die Väter und alle ...« Sie verstummte. Ihr Blick wanderte zu Peller hinüber, der sich noch immer nicht regte. »Warum ist er auf dich los?«, fragte sie und klang mit einem Mal wie ein sehr junges Mädchen.

»Er hat die Beata erwürgt. Er hat's mir gestanden.«

Maria Sibylla musste husten. Sofort wollte Susanna ihr einen Becher Wein reichen, aber Maria winkte ab. »Gift«, flüsterte sie. – »Nein, nicht wegschütten«, brachte sie gerade noch heraus, als Susanna ausholen wollte, um den Krug weit fort von sich in den Garten zu schleudern wie ein gefährliches Tier. »Der Lochschöffe soll den Inhalt prüfen lassen. Zum Beweis.«

»Lochschöffe ist immer noch mein Papa«, fiel es Barbara ein. »Wenn es mit Beata zu tun hat, dann macht er das.«

»Als ob das jetzt so wichtig wäre«, fuhr Dorothea sie an. Sie betrachtete den bewusstlosen Peller mit schräg gelegtem Kopf. »So ein Mistkerl.«

Susanna bekreuzigte sich, dann versetzte sie ihm einen Tritt.

»Wollte er dich etwa auch ...?«, fragte Barbara.

Maria nickte.

Mit einem Mal schwiegen alle betroffen. Nach einer Weile nahm Dorothea Marias durcheinandergeratene Röcke und zog sie glatt. Ihre Hände zitterten bei dem Gedanken an alles, was hätte geschehen können.

Maria dankte ihr mit einem schwachen Lächeln. »Ich glaube ...«, flüsterte sie heiser, aber es fiel ihr nicht ein, was sie glauben sollte.

»Wollen wir ihn einfach so liegen lassen?«, fragte Barbara hoffnungsvoll.

Es war ein verlockender Gedanke für Maria. Einfach weggehen, alles zurücklassen und vergessen, hoffen, dass Peller sich in Luft auflöste und mit ihm alle Sorgen und Nöte. »Nein«, sagte sie dann. »Da würde niemand je erfahren, was er getan hat. Er würde dem Rat weiterhin erzählen, dass Beata an einem Schlag starb. Ich würde als eine betrunkene Frau auf Abwegen dastehen. Und irgendwann würde es die Nächste treffen.«

»Das hättest du sein können.« Susanna trat an Maria heran und rieb ihr den Arm.

»Ja, ohne euch hätte das ich sein können.«

Barbara machte große Augen. »Magdalena!«, rief sie aus. »Und Clara!«

»Ich weiß nicht, ob er die beiden auch …«, brachte Maria hervor. »Ich weiß es einfach nicht.«

So blieben sie lange sitzen, alle vier auf einer Bank, die Arme umeinander geschlungen, den bewusstlosen Mann zu ihren Füßen. Und so fand sie der Gärtner, der umgehend Doktor Volkamer benachrichtigte und dieser den Rat.

40

Die Jungfern der Companie stützten abwechselnd Maria Sibylla auf dem langen, langen Weg von den Volkamer'schen Gärten zu ihr nach Hause. Dort sank ihre Lehrerin ins Bett und schlief mehr als zwanzig Stunden am Stück. Erst wachte Bärbel bei ihr, dann Susanna und Dorothea, später auch Clara.

Diese tauchte erst am Abend zur Überraschung aller wieder auf, mit der kleinlauten Magdalena im Schlepptau. Clara war wütend, Magdalena beleidigt, doch ihr Streit verflüchtigte sich angesichts der Sorge um Maria. Mit wenigen Worten erklärte Clara den anderen, dass sie Magdalena schlicht in ihrem Elternhaus gefunden hatte – unter dem Schreibtisch ihres verstorbenen Vaters, wo sie am Vorabend eingeschlafen war. In ihrem Kummer und Trotz hatte sie sich dort verkrochen, wo sie sich immer schon vor der Welt versteckte, wenn ihr danach war. Aus Magdalena war nicht herauszubekommen, was der Diakon mit ihr besprochen hatte, aber sie wirkte zerknirscht und traurig. »Ich wollte alleine sein.« Mehr war zu dem Thema nicht zu erfahren.

Clara wusste nicht, auf wen sie wütender sein sollte: auf die Freundin mit ihrem seltsamen Verhalten oder auf deren Mutter, die nicht begriff oder nicht begreifen wollte, dass ihre Tochter ein echtes Problem hatte. »Ich habe sie inständig gebeten, dieses verdammte Zimmer ein für alle Mal aufzulösen. Um Magdalenas willen.« Clara war noch blasser als sonst, so sehr hatte sie das alles mitgenommen.

Das und vieles andere besprach Clara mit den anderen Jungfern im Flüsterton in der Graff'schen Schlafkammer, während Magdalena mit dem Rücken zu ihnen dasaß und unverwandt Marias Hand hielt, als könnte sie dadurch etwas wiedergutmachen.

»Bild dir bloß nicht ein, dass du sie auch noch irgendwie ins Jenseits führst«, schnauzte Dorothea sie an, als es ihr zu viel wurde. »Die Frau wird das hier nämlich überleben.«

»Ich weiß«, flüsterte Magdalena nur und sah sie waidwund an.

Mit einem »Ach!« nahm Dorothea der Magd Anna, die ratlos in der Tür stand und nicht zum Bett vordringen konnte, die Wasserschüssel ab, um Maria Sibylla selbst die verschwitzte Stirn zu kühlen.

»Eins muss man ja sagen«, bemerkte Susanna dazu und warf einen vielsagenden Blick auf Magdalenas Rücken. »Ich kann den Diakon auch nicht leiden, aber er scheint bei unserer Verrückten doch ganze Arbeit geleistet zu haben. – Stimmt's, Schätzchen?«, fragte sie dann Lenchen, die sich ihren Schoß ausgesucht hatte, um von da aus ihre seltsam fremde Mutter zu betrachten. Maria wirkte wie einer ihrer »Dattelkerne«: in sich eingesponnen und reglos. Man konnte nichts weiter tun als beobachten und warten, bis das Leben, das doch darin war, sich regen würde. Lenchen jedoch war mit anderen Überlegungen beschäftigt. »Mich hat der Diakon heute gelobt für einen Vers, den ich aufsagen konnte«, verkündete sie und begann in der Hoffnung auf noch mehr Lob das Kindergebet noch einmal herzuleiern.

»Ach, du Süße«, rief Susanna und drückte sie, da es nichts Vernünftigeres zu tun gab, heftig an sich.

Warten war eine Disziplin, in der die Jungfern der Companie bei Weitem nicht so gut waren wie ihre Lehrmeisterin. Deshalb machten sie sich daran, die Stiche weiter zu kolorieren, die Maria Sibylla für ihr Blumenbuch angefertigt hatte. Es war ihre Art zu zeigen, dass sie an eine Genesung ihrer Freundin glaubten. In jedem Eck des Raumes, Pergament auf den Knien und Pinsel in den Händen, den Mund angespannt und die Augen müde vom Kerzenlicht, aber eifrig wie Musterschülerinnen, saßen sie da und malten. Falter um Falter erstand in seiner ganzen Farbenpracht.

Und dann wachte Maria auf.

41

»Bärbel, lass doch das Pfauenauge fliegen. Wir suchen einen Blauen. Schon vergessen?«

Die Freundinnen lachten, als sie Barbara – die Lippen zwischen den Zähnen vor Eifer, das Netz in der einen und ihre sämtlichen Röcke in der anderen Hand – über den kleinen Graben setzen sahen. »Ja«, rief Dorothea, »den verkauft die Gräffin einem Frankfurter Bankier und wird dabei reich.«

»Und wir brechen uns die Knochen«, fügte Susanna hinzu beim Versuch, einen knorrigen Apfelbaum zu besteigen, dessen Äste jetzt unter ihrem Gewicht bedrohlich knackten.

»Komm da lieber runter«, warnte Clara und wandte sich Maria Sibylla zu, die damit beschäftigt war, einen Zitronenfalter vorsichtig aus dem Netz zu holen. »Alles gut gegangen?«

Maria blies vorsichtig auf die zarten Flügel, die sich unter ihrem Atem einmal hoben und senkten. Der feine Staub darauf war unversehrt. »Ja«, bestätigte sie. »Alles gut gegangen.« Maria hielt einen Moment inne, dann warf sie den Falter mit einer raschen Bewegung in die Luft und ließ ihn fliegen. Sie sah ihm nach, wie er in torkelndem, kurvigem Flug über die Wiese verschwand. So war es ihr lieber.

Clara protestierte nicht. Sie klatschte in die Hände. »Zeit zum Essen«, rief sie.

Die anderen Jungfern der Companie kamen herbei und lagerten sich rund um das Tuch, das Clara ausgebreitet hatte. Aus einem Korb wurden Tonbecher geholt, ein versiegelter Krug, ein Laib Brot und Äpfel. »Gibt es was Besseres?«, fragte Magdalena mit vollem Mund und legte sich ins Gras. Der Himmel über ihnen war blau, getupft mit kräftigen weißen Wolken, Wind rauschte in den Hecken. Der Turm der Burg grüßte als ferne Silhouette herüber. Ein Schwarm Krähen flog vorbei und ließ mit seinem Geschrei die eine oder andere an den Rabenstein denken, neben dem sich heute ganz Nürnberg versammelt hatte, um der Hinrichtung Pellers beizuwohnen. Er sollte aufs Rad geflochten werden. Es hieß, man habe ihm die Gnade verweigert, ihm den Brustkorb und die lebenswichtigen Körperteile vorher zu zerschmettern. Es würde wohl lange dauern bis zu seinem Ableben.

»Was ist denn das?«, fragte Magdalena und setzte sich wieder auf. Glöckchenklingeln drang vom Weg her zu ihnen. Langsam zeigte sich in der Kurve ein kleiner Zug aus hoch beladenen Mauleseln, begleitet von einer Gruppe Männer in fremden Trachten.

»Sind das Zigeuner?« Dorothea legte die Hand über die Augen.

»Das sind doch nur die Stuckateure«, sagte Clara, »sie ziehen ab. Das Fembohaus ist fertig.«

Wie auf Verabredung verstummten die Mädchen. Als wäre das ihr Zeichen, erhob Maria Sibylla sich und ging alleine über die Wiese zum Hohlweg hinunter. Ihr blaues Kleid flatterte im warmen Wind und stand wie ein Segel über dem Gras. Die krausen Locken, die sich wie immer gelöst hatten, wehten ihr ins Gesicht. Sie strich sie sich aus der Stirn, als Carlo Moretti stehenblieb und seine Kappe abnahm. Rasch trieben seine Gefährten die Maultiere an und nahmen in einiger Entfernung ihr Gespräch wieder auf.

Maria betrachtete ihn, diesen Mann mit dem vom Leben gezeichneten, dunklen Gesicht und den leidenschaftlichen Augen. Seinen Hals, den die Sonne gebräunt hatte, die starken Schultern und die Hände, breit, kurz, mit abgearbeiteten Fingern, unter deren Nägeln zu jeder Zeit der Gips hing. Hände, die sie nie wieder berührt hatten. Aber einmal, einmal war es geschehen.

Sie dachte daran, dass sie bereit gewesen war, ihr Leben für ihn hinzuwerfen, mit ihm über die Straße, auf der sie heute stand, ins Unbekannte zu ziehen. Dachte an seinen Kuss in diesem seltsam unwirklichen Urwald aus Gips, in dem sie sich für einen Moment verloren hatte. Sie konnte sich gut an das Gefühl erinnern, aber zu empfinden vermochte sie es nicht mehr.

Er schien das zu spüren, denn er lächelte traurig. Auf seiner Wange, bemerkte sie, verlief eine Narbe, die früher nicht da gewesen war. Als sie etwas sagen wollte, schüttelte er den Kopf. »Nicht derselbe Weg«, meinte er. »Hab ich gewusst. – Aber ein Weg kommt«, fuhr er fort. »Bin ich sicher. Wirst sehen, du gehst. Einen Tag.«

In Maria wallte etwas auf. Sie legte ihm ihre Hand auf die Brust. Es gab so viel, was sie hätte sagen wollen, aber die rechte Reihenfolge fiel ihr nicht ein. Sie wusste nicht wo beginnen, konnte manches auch nicht erklären. Schließlich drückte sie nur ein, zwei, drei Mal gegen seine breite, warme Brust. So wie er damals gegen den Rupfen des Sackes gedrückt hatte, unter dem sie verborgen gelegen war. Eben noch in seinen Armen, aber schon für immer von ihm getrennt. Sie wusste selbst nicht, warum ihr die Tränen in die Augen stiegen. »Gute Reise«, brachte sie endlich heraus.

Er verneigte sich, nahm ihre Finger und küsste die Innenseite ihres Handgelenks, dann ließ er sie los und setzte seine lederne Kappe auf. »Gute Reise«, wiederholte er ihre Worte und ging.

Maria schaute ihm lange nach, der Zug verschwand langsam zwischen den blauen Hügeln. Er aber wandte sich nicht mehr um.

Nachwort

Todesfalter ist ein Kriminalroman und kein Versuch, das Nürnberger Kapitel in der Biografie der Maria Sibylla Merian zu schreiben, das von 1670 bis 1681 währte. So gerne ich mich einerseits von vielen Details aus ihrem Leben habe anregen lassen, so habe ich andererseits doch auch mehrfach fröhlich in die historischen Fakten eingegriffen, um die Voraussetzungen für meine Geschichte zu schaffen, so, wie ich sie erzählen wollte.

Das ist zum Beispiel beim Alter der jungen Damen der Fall, die die Jungfern-Companie bilden. Um hier den heiteren Kreis von Gleichgesinnten formen zu können, der mir für Maria Merian vorschwebte, habe ich Clara Imhoff ein wenig älter, Magdalena Fürst ein wenig jünger gemacht, als es den historischen Tatsachen entspricht. Andere real existierende Damen mussten hingegen auf eine Erwähnung überhaupt verzichten.

Die Gestalt des Dr. Peller ist nicht verbürgt, ebenso wenig die des sauffreudigen Sohnes des Professors Arnold; man möge es mir verzeihen.

Auch das historische Vorbild der betrunkenen Hebamme Gebhardin musste zwar den Pranger, nicht jedoch den Galgentod erleiden; und ob sie eine unglückliche Tochter namens Beata hatte, ist mehr als ungewiss.

Für Anregungen und Fakten danke ich folgenden Autoren von Biografien und Romanbiografien über Maria Sibylla Merian:

Natalie Zemon-Davis, Helmut Kaiser, Utta Keppler und Charlotte Kerner. Dem Interessierten sei außerdem der große Ausstellungs-Katalog zu der Künstlerin empfohlen, den Dr. Kurt Wettengl im Hatje Cantz Verlag herausgab. Ihm folge ich auch in der Schreibung der Jungfern-Companie. Maria Sibylla Merian selbst spricht in einem Brief von ihrer »Junfern Combanny«; das schien mir modernisierungswürdig.

Dank sei auch dem Stadtarchiv Nürnberg sowie Nadja Bennewitz, die in Nürnberg historische Führungen zum Thema Merian veranstaltet, für telefonische Auskunft.

Viele hochinteressante Hinweise zu den kriminalistischen Verfahren der Zeit konnte ich dem Buch von Rupert Bößenecker: »Der Mord an dem Totengräber Carl Gottlieb Langfritz«, entnehmen, das als Book on Demand erhältlich ist.

Über Farben, wenn auch nicht die der Merian, die wohl immer ihr Geheimnis bleiben werden, erfährt der interessierte Leser Unterhaltsames in: Victoria Finlay: Das Geheimnis der Farben. List-Verlag 2008.

Und über Maria Sibylla Merian lernt man am meisten, wenn man sich ihre Werke betrachtet, die noch immer in zahlreichen Ausgaben reproduziert werden.

Die dunkle Seite der Frauen

Tessa Korber
Das Leben ist mörderisch
Klappenbroschur, 178 Seiten
ISBN 978-3-89716-994-4

Sie haben sich an das Unerträgliche gewöhnt, die Frauenfiguren in diesen zehn Erzählungen. Die beste Zeit ihres Lebens haben sie an Männer verschwendet, die sie nicht zu schätzen wissen. Im Beruf werden sie übervorteilt, und der Haushalt frisst sie auf. Doch irgendwann genügt ein Tropfen, um das Fass zum Überlaufen zu bringen. Da geht dann schon mal eine Tankstelle in Flammen auf, und eine Bergwanderung endet ganz überraschend im Abgrund. Übrigens: In begründeten Ausnahmefällen kann eine Kommissarin auch mal ein Auge zudrücken und Beweismittel verschwinden lassen – denn weibliche Solidarität ist Ehrensache.

»Pointiert schildert die Autorin in den spannenden Psycho-Krimis, wie Frauen mit dem Frust des Daseins umgehen und für Ihre lang unterdrückte Wut plötzlich einen überraschenden Kanal finden.«

Nürnberger Zeitung

Musik, Macht und Missbrauch

Nach *Rache, Engel!* der zweite Kriminalroman des erfolgreichen Autorenduos:

Petra Nacke · Elmar Tannert
Blaulicht
Klappenbroschur, 310 Seiten
ISBN 978-3-86913-039-2

Nun kommt Heinrich Zintl die eigene Kehle wieder ins Bewusstsein, und er schreit aus seinem Fenster im ersten Stock der Kaulbachstraße wie ein Wahnsinniger, schreit Feuer und Mord, schreit *zu Hilfe* und immer wieder *mein Gott, mein Gott, mein Gott!* Und obwohl der Stadtteil noch vor wenigen Augenblicken vollkommen menschenleer unter einer grausam schweigenden Hitzeglocke zu dämmern schien, kommt schlagartig Leben in die Szene, rennen zwei Bauarbeiter mit bloßem Oberkörper die Straße runter, packen das schwarze Gerippe von Frau und schlagen ihr das tropfende Messer aus der Hand. Kurz darauf hört man auch schon die erste Sirene, sieht das erste Blaulicht durch den flirrend weißen Nachmittag einen Weg sich bahnen.

»Jetzt die Fortsetzung mit neuen Ermittlern, bewährter sprachlicher Finesse und schönen Vergleichen, die man derart noch nicht gelesen hat.«

Nürnberger Nachrichten

Tödliches Spiel

Tommie Goerz
Schafkopf
Klappenbroschur, 280 Seiten
ISBN978-3-86913-041-5

Als ein Wirt aus dem Nürnberger Umland seinen Bierkeller aufschließt, stößt er auf eine bestialisch zugerichtete Leiche. Bei dem Toten findet die Polizei einen rätselhaften Gegenstand: ein Fußball-Trikot. Ein Zeichen ja, aber wofür? Mit dieser Frage ist der Nürnberger Kommissar Friedo Behütuns konfrontiert. Steht dahinter ein Fankrieg? Zielt die Tat auf den Sponsor dieses Fußballvereins, einen Atomkonzern, ab? Oder ist nicht vielmehr im rechtsradikalen Milieu zu ermitteln? Bald tauchen weitere Opfer auf, alle ähnlich grausam ermordet. Die Ereignisse eskalieren, Behütuns stochert im Dunkeln – bis er ein altes fränkisches Wirtshaus betritt …

»Mitunter gelingen ihm mitreißende Passagen, die an Herz, Nieren und Verstand gehen, die davon zeugen, dass sich da einer die richtigen Gedanken über Sinn und Unsinn des Lebens gemacht hat, und die Eckhard Henscheid weitaus näher sind als jedem Autor aus dem Crime-Genre.«

11 Freunde

Tatort Franken

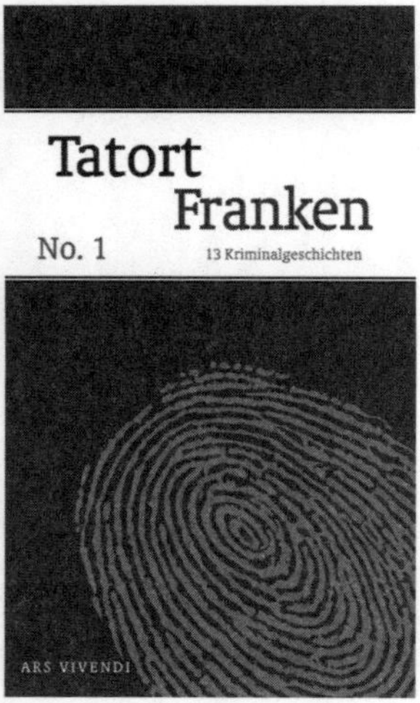

Tatort Franken
13 Kriminalgeschichten
Krimi-Anthologie
Klappenbroschur, 283 Seiten
ISBN 978-3-89716-930-2

Franken ist ein gefährliches Pflaster. 13 renommierte Kriminalschriftsteller haben deshalb Texte zu diesem Sammelband beigesteuert, der die erstaunliche Bandbreite des fränkischen Krimischaffens zur Geltung bringt und neugierig auf die umfangreicheren Werke der Verfasser macht. Mit dabei sind Sigrun Arenz, Lucas Bahl, Jan Beinßen, Veit Bronnenmeyer, Peter Freudenberger, Anne Hassel, Tessa Korber, Dirk Kruse, Petra Nacke, Josef Rauch, Heike Reiter, Blanka Stipetić und Elmar Tannert.

»Die Autoren schöpfen mit Begeisterung aus bekannten fränkischen Schauplätzen. Sie schicken ihre kaltblütigen Mörder in Orte von schaurigen Verbrechen und sorgen dafür, dass intelligente Kriminalisten alle geheimnisvollen Fälle lösen.«

Erlanger Nachrichten